悪友顛末

うつけ屋敷の旗本大家《おおや》 二

井 原 忠 政

幻冬舎時代小説文庫

悪友顚末　うつけ屋敷の旗本大家《おおや》　二

目次

「大家《おおや》」も人の子である。店子《たなこ》の世話に忙殺されながらも、ときには己が厄介事《やっかいごと》に右往左往《うおうさおう》せねばならない。このとき、大切なのは逃げないことだ。真正面から取り組み格闘すれば、自《おの》ずと道は拓け成長が待っている。これぞ人生最大の醍醐味《だいごみ》。生涯《しょうがい》の甘露《かんろ》。であればこそ――大家は、三日やったら辞められない。

序章　賽子太郎《さいころたろう》の悔恨《かいこん》

四隅《よすみ》に置かれた百匁蠟燭《ひやくもんめろうそく》が、中間部屋《ちゆうげんべや》を昼間のように明るく照らし出していた。

「はいッ、盆《ぼん》かぶりましたァ」

今宵《こよい》の賭場《とば》で中盆《なかぼん》（進行役）を務める貉《むじな》の源治《げんじ》が、盆茣蓙《ぼんござ》上で両手を大きく広げた。広く剃り上げた月代《さかやき》に、高く結い上げた元結《もとゆい》から、鼠《ねずみ》の尻尾《しつぽ》のような細い髷《まげ》を垂らしている。刀傷《かたなきず》が目立つ太々《ふてぶて》しい顔をした性質《たち》の悪いゴロツキだ。

「どっちもどっちも。どっちもどっちも。さあさ、どちらさんも張っておくんない。さあ、張った張ったァ」

源治は、貸元《かしもと》（組長）である相模屋《さがみや》藤六《とうろく》の代貸《だいかし》（副組長）である。半裸の背中には、美女と龍神の図が鴉彫《からすぼり》で描いてあった。鴉彫――色彩を用いず、墨の濃淡だけで表現する玄人《くろうと》好みの刺青《いれずみ》だ。

ただ、相模屋や源治が如何《いか》ほどゴロツキでも、大矢小太郎《おおやこたろう》から見れば「守るべき店子」には相違ない。拝領屋敷の広い庭に建てられた六軒の貸家――その内の一軒に、博徒の一家は入居している。

源治の声を受け、小太郎は盆茣蓙上に伏せて置かれた壺《つぼ》の底に、指先でソッと触れた。武家の準正装である肩衣半袴《かたぎぬはんばかま》姿で、賭場の壺振役《ふりやく》を相務めている。腰には脇差を佩《お》び、肩衣の片方を脱いで熨斗目《のしめ》の右肩を露出させていた。

壺の中の賽子《さいころ》――出目《でめ》は「サブロクの半」だと予《あらかじ》め小太郎には分かっている。馬鹿と、嫌われ者と、半病人に囲まれた甲府勤番は五年の長きに及んだ。その間、楽しみといえば賭け事しかなく、本来は生真面目な小太郎も、壺の振り方、賽子の転がし方を初手から学んだ。今や壺を振らせれば、どんな目も自在に出せる名人級の腕である。ついた渾名《あだな》が、賽子太郎。

一方、小太郎の父で大矢家隠居《いんきょ》の官兵衛《かんべえ》は、若い頃からの放蕩者《ほうとうもの》である。堅実で真面目な嫡男小太郎が甲府に赴任して留守の間、箍《たが》が外れて遊興を重ね、積もった借財はなんと千四百両（約八千四百万円）。金額も凄いが、むしろ問題なのは、官兵衛に危機感が薄い、乃至《ないし》は皆無なことだろう。

「へへへ、『半』に賭けちゃおっかなァ？　それとも『丁』にしよっかなァ？」

官兵衛は、コマと呼ばれる現金代用品の木札を手に、迷う素振りをしてふざけている。見ていて苛々《いらいら》する。ちなみに、最初の目は「半を出す」と前もって父には伝えてあるのだ。

「どちらにしようかな、神様と天神様の……」

「父上」

「な〜に〜？」

「早くお決め下さい」

「小太郎ちゃん、怖い目でニ・ラ・マ・ナ・イ！　じゃ、オイラ『半』にする」

と、木札を半方に置いてから、官兵衛は己が正面に座ったもう一人の武家に声をかけた。

「五郎左《ごろうざ》、これでいいかな？」

「ああ、好きにしろ。ワシは『丁』でいく」

対座した武士は壺から目を離さずに、コマを丁側に置いた。こちらも熨斗目に肩衣姿である。

「ちなみに五郎左、どうして『丁』にした？」

官兵衛が質《ただ》した。

「それは……直感だ。天啓だ」

五郎左こと本多豊後守《ほんだぶんごのかみ》は、なにを隠そう幕府筆頭老中である。明敏な頭脳と秀麗な容貌を見込まれ、先代将軍の娘を嫁に貰った。結果、若くして老中にまで上り詰めた立志伝中の人である。ただ、天啓で「丁」を選んだらしいが、壺中の賽の目は確かに「半」なのだ。ここまで勘の悪いことで「日本国の政《まつりごと》は大丈夫であろうか」と小太郎は不安を覚えた。

「そうかい、じゃこれでいこうぜ」

壺の中の目を知る官兵衛がほくそ笑んだ。余裕綽々《よゆうしやくしやく》に見える。

豊後守は、血走った目で「丁側に賭けられた己がコマ」を凝視している。

つまりこの勝負、端《はな》から「官兵衛の勝ち、豊後守の負け」と決まっているのだ。

要は、イカサマ、出鱈目《でたらめ》、出来試合、インチキなのである。

見れば、豊後守の背後に座り、シクシクと泣いているのは小太郎が好意を寄せる佳乃《よしの》ではないか。

(佳乃殿、お労《いたわ》しや。申しわけないが、私にも事情がある。許してくれ)

小太郎は、心中で佳乃に手を合わせた。

もし、この勝負に豊後守が負ければ、佳乃は吉原に売られてしまうのだ。

そう、吉原に女郎として——

(はあ？　なぜに吉原だ？　唐突ではないか！)

彼女を左右から慰めるのは、夜な夜な猫の腑分けをしている蘭方医の長谷川洪庵《はせがわこうあん》と幕府転覆をも辞さない過激国学者の堀田敷島斎《ほったしきしまさい》だ。両名ともに小太郎の店子で、相模屋に並ぶ問題児、頭痛の種である。

「はいッ、丁半コマ揃いましたァ」

中盆の源治が声を張った。

「小太郎様、見損ないました」

佳乃が低く唸って小太郎を睨《にら》みつけた。不謹慎なようだが、美しい顔を流れ下る大粒の涙が、彼女の容貌をさらに際立《きわだ》たせている。

(あ、分かった。これは……つまり夢だ。夢に相違ない。そもそも設定からして不自然だ。豊後守様は痩せても枯れても五万石のお大名、愛妾《あいしょう》を苦界に沈めるまでの

甲斐性なしではあるまい。ハハハ、なんだ夢か、夢と分かれば怖いものなしだァ）

小太郎は余裕で佳乃を睨み返した。美しく澄んだ瞳だ。夢でもなければ、こんなに堂々とは見つめられない。

「ゲへへへ、吉原に沈める前に、一度アッシが味見させてもらうぜェ、ゲへへへ」

官兵衛の背後で勝ちを確信、好色な目で佳乃の肢体を眺めて舌なめずりをするのは、肥満漢で赤ら顔の相模屋藤六だ。

「そうなったら……私、死にます」

羞恥心《しゅうちしん》と憤《いきどお》りから、佳乃が両手で顔を覆《おお》った。

「こらァ、相模屋」

官兵衛が、背後の相模屋に振り向き、強く睨みつけた。

（いいぞ父上！　卑劣漢の目に余る言動に、さすがの父上も堪忍袋の緒が切れたようだ。どうせ夢。構わないから、こんなゴロツキども皆殺しにしておやりなさい）

「相模屋、一言いっておくぞ」

「へ、へい」

「間違うなよ。いいか、佳乃殿の味見はオイラが先だァ」

「な……」

小太郎は天井を仰ぎ見た。なんぼ夢とはいえ、ほんの一瞬でも、遊び人の父の道義心に期待した自分の愚かさが許せない。

（こんな風だから、私は駄目なのだ。私は甘い。甘ちゃんだァ）

「殿様、とっとと壺を開いておくんない」

と、中盆の源治《じ》が焦れて、小太郎を急《せ》かした、その時——

ガコン、バタン。

舞良戸《まいらど》が蹴破られ、摑み合った二人の中年男が、賭場へと雪崩《なだ》れ込んできた。ともに小太郎の店子で、旬を過ぎた役者の中村円之助《なかむらえんのすけ》と売れない絵師の歌川偕楽《うたがわかいらく》だ。

（ほらみろ、こういう展開も現実的じゃない。やはりこれはすべて夢なのだ）

大柄な円之助が小柄な偕楽を投げ飛ばすと、偕楽は背中から盆茣蓙上に落下、壺は弾き飛ばされて賭場は大混乱に陥った。

（ハハハ、夢、夢）

「よ～しッ、壺が倒れたァ！」

「ハイ、この勝負なしでござるなァ！」

「これにて解散、解散、解散だァ！」

（夢、夢、すべて夢なのだ）

盛り上がる豊後守一派。呆然自失《ぼうぜんじしつ》の八百長一味。高みの見物の小太郎。

「こらァ、円之助に偕楽！」

官兵衛が身を起こして片膝を突き、腰の脇差に手をかけて呻《うめ》いた。

「オイラの味見をど～してくれるんだよォ。この恨み晴らさでおくべきか！」

官兵衛が脇差を抜き、役者と絵師に斬りかかる。

（ハハ、夢、夢、どうせ夢なんだから……え？　父上、なぜ私を睨んでおられる？）

「死ね――――ッ」

（ま、まさか……私を？）

振り下ろす刀の勢いは止まらない。上段からズバリと斬り下げられた。

「ギャンギョ――――ッ」

と、叫んだところで目が覚めた。

仰臥《ぎょうが》した夜具《やぐ》の上、指先がピクピクとわずかに痙攣《けいれん》している。見上げた天井の杉の板目には見覚えがあった。

チュンチュン、チュンチュンチュン。

雀《すずめ》の声がし、障子には朝陽が射している。屋内でも吐く息が白い。えらく冷え込んだ冬の朝であった。

「ほ、ほらァ……やはり夢ではないか」

佳乃の「吉原行き」を賭けての大博打――夢でよかった。父から斬撃を受ける最期――夢でほっとした。

シャワシャワシャワ。シャワシャワ。

庭を掃《は》く箒《ほうき》の音が流れてきた。ムクリと身を起こした小太郎は、布団上に胡坐《あぐら》をかき、首筋を掻きながら箒の音に耳を傾けた。中間や女中《じょちゅう》が掃くガサツな音とは違う、独特の優しい音色《ねいろ》だ。

（佳乃殿だな）

布団から立ち上がり、佳乃に朝の挨拶をしようと障子の際《きわ》まで寄ったのだが、引手にかけた手がピタリと止まった。

（なにを迷うことがある？　私は家主で、彼女は店子だ。朝一番に挨拶をしてなに

が悪い？　「お早う」と言って「お早うございます」と返してくる。それだけのことではないか）

そうは思ったが、引手にかけた手は動かない。夢の中で泣いていた、佳乃の美しくも険しい目が脳裏を過《よぎ》ったのだ。

（顔を合わせるのが、少し怖いな）

佳乃は元々、鉄砲同心の娘として新宿百人町《しんじゆくひやくにんちよう》で生まれた。父が博打で借財を重ねたので、長女である佳乃は、幼い弟妹《きようだい》たちの暮らしを考え、自ら進んで芸者となったのだ。深川で宴席に呼ばれた折、本多豊後守に見染められ、囲われ者となった。今では小太郎の店子となり、時おり訪れる豊後守との逢瀬《おうせ》を楽しんでいる。

（佳乃殿の博打に対する嫌悪感は理解できる）

博打がなければ、彼女は芸者になることさえなかっただろう。現在の旦那《だんな》である豊後守は佳乃を大切にしているようだが、かなりの変人だし、年齢も親子ほども離れている。本音では辛いのではあるまいか。

（私が博打をうつことを、それも賽子太郎なぞと呼ばれる博打うちであることを、軽蔑し嫌悪しているのに相違ない）

そもそも、佳乃は他人様《ひとさま》の囲われ者、筆頭老中の愛妾なのだ。

（私がどんなに想っても不毛だ。彼女のことは潔《いさぎよ》く諦めよう。端から縁がないのだからな）

色々と考えずに、むしろ、単なる家主と店子の関係として淡々と割り切るべし。そうすれば、こうして朝の挨拶を「するか、しないか」で迷うこともなくなるだろう。

（よしッ。ここは根性だ）

引手に手をかけ、ガラリと障子を開けた。朝の冷気が一気に押し寄せた。庭に面した広縁《ひろえん》に出て、素知らぬ顔で大きく伸びをした。大矢家の拝領屋敷は、駿河台《するがだい》の一等地にあって敷地が五百坪もある。元々は庭が広く、書院番士を務めた祖父の趣味で、鯉が泳ぐ広い池まであったのだ。然《しか》るに現在、小太郎の視野には、瀟洒《しょうしゃ》な切妻《きりづま》の二階屋が六軒、所せましと立ち並んで見えるだけ。

箒を手にした佳乃は小太郎に気づくと、笑顔を見せることもなく深々とお辞儀をし、その後は己が家へと入ってしまった。

「これでいいのだ。これでいい」

大矢小太郎、寂し気に呟《つぶや》いた。

第一章　心模様

一

「全部お前《め》ェに任せた。オイラ、数字の話をすると頭が痛くなるんだわ」

「父上、そうは参りません」

高価な泥染《どろぞ》めの大島紬《おおしまつむぎ》を粋《いき》に着流し、町へ繰り出そうとする官兵衛だったが、大《だい》福帳《ふくちょう》を片手に小太郎が制止した。

「お願いですから、こちらにお座り下さい」

寒い季節だが、暑がりの官兵衛の自室の障子は開けっ放しだ。広縁越しには五十坪ほどの小ていな庭が眺められる。庭を囲む貸家はすべて二階屋なので、やや陽当たりが悪くなった。柘植《つげ》や山茶花《さざんか》などの日陰を好む植木を並べて、なんとか庭らしい体裁を保っている。

「なんだよ、今から出かけるんだけどなァ」

「そこをなんとか、曲げてお願い致します」

父の自室は母屋の書院である。本来なら当主である小太郎が使うべき部屋だが、隠居といっても官兵衛はまだ若い。小太郎の方が遠慮して、今も官兵衛の居室として使ってもらっている。

「長くなるのかい？　困るんだよなァ」

「すぐに終わりますから」

「本当に？　すぐ終わる？」

「勿論です」

「アッという間なの？」

「父上……大事なお話なのです」

さすがに苛々が高じてムッとした。そもそも、借金を作ったのは官兵衛だ。問題を起こしたのは官兵衛の方なのだ。「自分は父上の尻拭いをさせられている」との不満が小太郎にはある。

「分かったよォ」

　倅の苛《こ》つきを感じ取り、さすがの遊び人も仏頂面《ぶっちょうづら》で上座に腰を下ろし、胡坐をかいた。小袖《こそで》の裾《すそ》が割れ、明るい菫色《すみれいろ》の褌《ふんどし》が覗《のぞ》いた。

「おい小太郎、それはなんだよ？」

と、倅が手に持つ帳面を、汚《けが》らわしそうに指さした。まるで納戸《なんど》か厠《かわや》で蜘蛛《くも》かゲジゲジを見つけたときのような顔つきである。

「大福帳ですが、なにか？」

「商人《あきんど》じゃねェんだからよォ。そんなもの、オイラの前に持ち出してくんじゃねェよ。辛気臭《しんきくせ》ェ、目障《めざわ》りだァ」

「お言葉ですが父上」

　あまりにも自覚のない官兵衛の言葉に、小太郎が目を剝いた。

「私は、父上がお作りになった千四百両からの借財を、相模屋と山吹屋《やまぶきや》に返済せねばなりません」

　六軒の貸家の延床は、それぞれ二十坪である。坪当たりの建築費が五両（約三十万円）で、一軒建てるのに百両（約六百万円）かかった。六軒で六百両（約三千六百万円）が必要となり、全額を蔵前《くらまえ》で札差業を営む山吹屋銀蔵《ぎんぞう》から借りたのだ。

さらに、博徒である相模屋藤六からの借金八百両（約四千八百万円）は、官兵衛が賭博で負けた金額だ。官兵衛は「博打が弱いくせに、博打好き」ときているから始末に困る。ま、だからと言って、小太郎のように「滅法強いが、今は博打に興味はない」というのも嫌味で鼻持ちならない。しかも、イカサマ専門だ。蓋《けだ》し、父子《おやこ》揃って、最低なのである。

「そおゆう言い方は心外だなァ」

官兵衛は不満顔を見せ、さらに続けた。

「オイラとしては、大矢の家のためによかれと思って作った借金なんだぜェ」

「誰が悪いとか、責任を追及するとかは申しておりません。私は現実的な金額と返済策の話をしております」

「山吹屋からの六百両は兎《と》も角《かく》、相模屋からの八百両は博打の借りだァ。踏み倒せばいいんだよ」

「御番所（町奉行所）に金公事《かねくじ》（民事訴訟）を起こされまするぞ。博打の借財だからと白州ではお取り上げにならぬやも知れんが、旗本大矢家の面目は丸潰れにございます」

「潰れるかね、面目は」

「潰れます。八百両の借財で町人から公事を起こされるなんて大恥です。私の本丸御殿への出仕は夢と消えます」

「本丸御殿だと？　なんだ、つまりお前ェの出世のために、オイラが苦労させられるって話かい？」

「父上、それは酷《ひど》い」

あまりの身勝手な言い分に、小太郎は思わず官兵衛を睨んだ。憤りが高じて、凶悪な、まるで人殺しのような目になっていたらしい。

睨まれた官兵衛が少したじろいだ。

人殺し——事実小太郎は、人を斬ったことがある。日本橋浜町堀《にほんばしはまちょうぼり》で刺客に襲われ、武士二人を斬った。小太郎自身も太腿《ふともも》に刀傷を受け、今も冷え込む日や、雨の前日には古傷がシクシクと痛む。

「冗談だよ、冗談」

倅の剣幕に、不良父の方が折れた。そもそも借財の過半は、官兵衛の博打なのである。父と子の間に気まずい沈黙が流れた。

「ま、そのような次第にて」

小太郎の方が先に沈黙を破った。

「この大福帳にも活躍してもらい、武士の心に商人の知恵を加味して、この難局を乗り切る所存にございます」

「武魂商才《ぶこんしょうさい》だなァ」

能天気《のうてんき》な父が明るく言った。

「巧いこと仰《おっしゃ》いますね」

「へへへ、まあなァ」

「では、大福帳にご注目下さい」

「やっぱ、やるのかァ」

と、小太郎が本題に戻り、官兵衛がしょげた。

江戸期の商取引は、掛け売り（後払い）が主流だった。当然記録が必要で、支払いの経過を記載したものが大福帳だ。この大福帳には、取引に関する様々な記録をつけたので、簡易な会計帳簿《かいけいちょうぼ》として機能した。

つまり大福帳は、商人にとって「命の次に大事」な存在で、火事で焼けでもしたら大変である。そこで、蒟蒻粉《こんにゃくこ》を練り込んだ特殊な紙で大福帳を作り、火事の際にはそのままドブンと井戸に放り込んでから避難した。蒟蒻を練り込んだ紙は、濡れても文字が消えないのだ。

「へえ、そうなんだァ。これが蒟蒻でねェ」

官兵衛は興味津々で身を乗り出し、大福帳に触れた。紙の表面はツルツルしており、やや光沢がある。

「おい小太郎、いい銭儲《ぜにもう》けを思いついたぜ」

官兵衛が狡猾《こうかつ》そうに倅の目を覗き込んだ。

「今度大火事があったら、日本橋や京橋の大店《おおだな》の井戸を浚《さら》おう。大福帳を引き揚げて、持ち主に高額で買い取らせるんだァ」

「そう簡単にはいきませんよ」

生真面目な倅が、辟易した様子で顔を背けた。

「皆逃げ出すから、店には誰もいやしねェよ」

「火《ひ》消《けし》人足《にんそく》がおりましょう」

「へへへ、火消も近寄れないような酷く炎上してる店を狙うのさ」

「危険です。盗みに入る我らも焼け死にます」

「そこは、お前ェが頑張んだよ。『心頭滅却すれば火も自ずと涼し』って、昔信長だかに焼き殺された坊主が言ったそうだぜ」

「わ、私が盗む担当ですか？　井戸から大福帳を？」

「そらそうだろう。若いんだもの」

「……な」

（本当に私の父上なのだろうか。私は、こんな常識さえ弁《わきま》えぬ阿呆の倅なのだろうか？）

　小太郎は絶望したが、官兵衛の妄想は止《とど》まるところを知らなかった。

「そうだ。持ち主に買い取らせるより、いっそ、大福帳に乗ってる借り手に買い取らせる方が大金をせしめられそうだなァ。なにせ今までの代金がすべてチャラになるんだ。千両でも二千両でもポンと出すぞ」

「どうせ、大した銭にはなりゃしませんよ」

小太郎が、父の短慮を否定した。

「大福帳全部の借り手の合計なら千両や二千両になるかも知れませんが、大福帳に載っている借り手一人一人は、数百両が関の山でしょう。纏《まと》まった銭を取る気なら、やはり大福帳の持ち主に買い取らせた方がいい」

嗚呼《ああ》、小太郎よ、お前もか。

「でもそれ、どうせ取り立てに行くのは私でしょ？」

「そらそうだろうよ。オイラ忙しいもの。お前ェは若いんだし、労を惜しんじゃいけねェよ」

「父上、勘弁して下さい」

小太郎が不満げに父を睨みつけた。イカサマ賭博師の上に、恐喝ゴロツキの異名を轟かせることになる。佳乃からの印象がさらに悪く——ま、彼女のことは諦めたのだが。

「駄目かなァ」

「駄目です。もっと堅気のやり方を考えて下さい」

「ハハハ、堅気かよ、そりゃいいな、ガハハハ」

「なにか可笑《おか》しいですか？」

小太郎が真顔で父を睨んだ。

「や、堅気ってゆうからさ。冗談、言ったんじゃないの？」

（堅気のどこが冗談なのか。父上は病《や》んでおられる）

委細無視して話を進めることにした。

「では、始めましょう」

と、大福帳をめくった。

「やっぱ、やるのか」

官兵衛が落胆の表情を浮かべた。

江戸では、裏長屋の家賃が月に坪当たり二百文（約三千円）前後である。対する大矢邸は駿河台の一等地で旗本屋敷内の一軒家だ。倍は吹っ掛けても入居者は数多いる。月に坪当たり四百文（約六千円）取ったとして、一階と二階を併せて二十坪の家だから家賃は八千文――ざっくり二両（約十二万円）となる。

「ほう、一軒で二両か。六軒なら月当たり十五両の実入りになるわなァ」

「十二両ですよ」

表情を変えずに小太郎が訂正した。

「あ、十二両かァ、ハイハイ、十二両ね」

なんでも、自分に都合よく受け取り、間違えるお方なのだ。

「相模屋の八百両はともかく、山吹屋の六百両はちゃんと金利を取られます」

「ふんふん」

「割賦《かっぷ》で返済するとなれば、ざっくり倍の金額を支払うことになります。つまり大矢家は、山吹屋に総額で千二百両を返済する勘定となります」

「なんだいそれ？」

と、胸の前で腕を組み、顔を突き出し、呆れた様子で顔を歪《ゆが》めた。

「返済期間が長ければ長いほど、利子は利子を生みますからね。大体、倍返しが相場ですよ。借金なんてそんなもんです」

「阿漕《あこぎ》な」

(山吹屋も父上からは「阿漕」と言われたかないと思いますよ)

心中で辟易しながらも説明を続けた。

「借家の店賃を半額ずつ返済に充てたとして、年に七十二両（約四百三十二万円）

で、山吹屋への返済が終わるのは大体十七年後です」

「じ、十七年後？　話になんねェ。オイラァもう死んでるぜ。やっぱ堅気のやり方は駄目だなァ」

と、官兵衛は腕を組んだまま瞑目し、考え始めた。

（真剣に考えておられるようだが、どうせろくでもない策しか思いつかれないんだろうさ。父上に期待するのはもう止めよう）

ここで官兵衛が、ウンと頷いて手を叩き、目を開き、小太郎に向き直った。

「まず山吹屋からの借財は、オイラかお前ェが銀蔵の娘を嫁に貰うことでチャラにする」

「踏み倒すのですか？」

「そらそうだろ。オイラかお前ェが、山吹屋の義理の息子になるんだからよォ。銀蔵の野郎もそうそう非道なことは言うめェよ」

「ま、いいでしょう」

山吹屋の於金《おかね》は、妾腹《しょうふく》だが当主銀蔵の一人娘だ。官兵衛か小太郎の嫁というが、彼女は小太郎に興味はなく、官兵衛と文通する仲だ。「自分には関係ない」と高をくくって適当に返事をした。

「で、肝心の相模屋はどうされます？」

「殺す」

（ああ、なるほど、やっぱりそこか）

少し脱力した。考えた果ての策が「殺して借財を踏み倒す」だとは呆れた。

「大体、簡単に仰いますけど、相手は博徒の一家だ。十人はいますよ。一人でも仕損じたら『畏《おそ》れながら』と御番所に駆け込まれて大矢家はおしまいです」

「いい方法があるんだよォ。小太郎、聞く気はあるかい？」

「ございません」

「そうか、なら話してやろう」

（父上とは会話が成立しないものなァ……疲れるよ）

呆れる小太郎を他所《よそ》に、官兵衛は得意顔で語り始めた。

「相模屋一家は、毎月『二』の付く日にうちの中間部屋で賭場を開帳する」

ただ、最近は幕府の質素倹約令の影響で、賭場も開き難くなっているようだ。

「で、その夜、子分衆は小遣いを貰って、酒や女を目当てに夜の街へと消えていくのさ。残るのは貸元の藤六と代貸の源治の二人きりだ。二人して寺銭を数え、壺に仕舞って床下か天井裏だかに隠す」

「つまり銭の隠し場所を子分衆に知られたくないから、出かけさせるんですね」

「多分な。そこでだ」

官兵衛の策はこうだ。まず、子分衆が出払った頃合いを見計らって、藤六と源治を斬る。斬り殺す。子分衆は酔って帰ってきた順に、門内に潜んでいて斬り殺す。

「無論、相模屋が天井裏だかに隠した銭も、家探しをして頂く腹よ」

「阿漕ですねェ」

「へへへ、阿漕だろォ。で、死体は……」

「長谷川洪庵に下げ渡し『腑分けさせる』のは駄目ですよ」

小太郎が機先を制した。蘭方医の洪庵は人体の腑分けができれば大喜びだろうが、そんな醜悪な作業を己が屋敷内でやられるのは、到底我慢がならなかった。

「分かってるよォ。死体は庭に埋めるから大丈夫だ。どうよ、完璧だろ？」

「あまりの杜撰《ずさん》さに呆れます」

と、小太郎が大きく息を吐いた。

「大体、この屋敷には他にも耳目《じもく》があります。うちの奉公人たちは兎も角、残り五軒の店子たちは十人もの殺しを黙ってはいないでしょう。御番所に駆け込みますよ。私の本丸御殿出仕の目はなくなるし、十中八九改易で、かつコレです」

と、己が腹を指先で真一文字になぞった。

「それに、あれでも相模屋は我々の借家人です。家主が店子を殺すなんて、親が子を殺すようなもんだ。人として、父上は良心が痛まないのですか？」

「固いこと言うなよォ」

「銭が返せないから、家主が店子を殺す……そんな没義道《もぎどう》が許されるわけがない。大矢家当主としてハッキリ申します。この屋敷内で謀殺などもっての外《ほか》です！」

「屋敷の外なら？」

「父上……」

倅が父に目を剝いた。

「分かったよォ。家主なんて、儲からねェ割には、しち面倒くせェなァ」

父が嘆息を漏らした。

二

「生きた猫か？」

「そら、そうでございますよ」

主人小太郎の言葉に、用人《ようにん》の小栗門太夫《おぐりもんだゆう》が目を丸くした。

小太郎は、続けていた素振りを止めた。本日は師走の三日だ。新暦に直せば一月の下旬で、寒い季節である。諸肌《もろはだ》を脱いだ小太郎の上体からは、湯気が立ちのぼっていた。彼は息を弾ませながら、重たい赤樫の木刀を左手に持ち替え、改めて門太夫に向き直った。

「駄目だよ。生きておっても、死体でも……いずれにせよ、猫は駄目だ」

猫を貸家内で「飼うこと」の是非を問われているのであって、死体云々は関係ないのだが、どうしても洪庵の「猫の死体の腑分け騒動」が脳裏を過り、妙な返答になってしまった。

「なりませぬか」

途端に門太夫の瞬《まばた》きが多くなった。瞬きが増えるのは、この男が緊張または困惑している証《あかし》である。

門太夫は祖父の代から仕える大矢家の用人だ。用人とは、武家奉公人の筆頭者を意味する。大名家でいえば御家老様だ。この男、残念ながら、あまり才人ではない。下級旗本の用人が、やっと務まる程度の才覚である。還暦を目前にしても肥えており、少し動くと呼吸が乱れた。ただ、極めて善良だし、忠義専一に仕えてくれているのも事実だ。大矢家のような冴えない幕臣の家宰としてなら、むしろ「丁度いい」のかも知れない。

「貸家が傷むだろ。猫は柱や壁で爪《つめ》を研《と》ぐ。糞尿《ふんにょう》の臭いも迷惑だ。盛りがつくと、ミャーミャーと喧《やかま》しいぞ」

「そこは雌猫《めすねこ》にござれば、盛りがついても鳴かぬかと」

「余計に駄目だよ。その雌猫目当てに、牡猫《おすねこ》どもが群がってくるぞ。そいつらが鳴くんだ。雌を争って喧嘩にもなる」

「そ、それはいけませんなァ」

主従は現在、十坪（二十畳）ほどの道場で立ち話をしている。祖父卯左衛門《うざえもん》が敷地北側の裏庭を潰して建てた道場だ。床の板張りが頑丈に補強され、天井がかなり高い。小太郎は、毎日ここで二百五十匁《もんめ》（約九百四十グラム）もある赤樫の木刀で素振りをくれる。朝に五百、夕に五百で都合千回だ。通常の木刀は百六十匁（約六百グラム）ほどだから、二百五十匁はよほど重たい。かなりの鍛錬になる。汗も出るし、体からは湯気も立ちのぼる。

「で、それは誰だ？　誰が雌猫を飼い始めたのか？」

寒がりの小太郎、諸肌を脱いでいた袷《あわせ》の小袖を着直した。ブルルと身震《みぶる》いをし、鼻水をすすり上げた。

「絵師の歌川偕楽にございます」

「ああ、偕楽さんね」

総髪《そうはつ》に、濃紺《のうこん》の作務衣《さむえ》を着た小柄な男が目に浮かんだ。一昨日見た賭場の夢で、投げ飛ばされた方だ。

「家主としては困ると、ちゃんと彼に伝えてくれ」

「はあ……」

門太夫の瞬きがさらに激しくなり、ついには俯《うつむ》いてしまった。どうも「猫を飼っては駄目」と伝えるのが嫌らしい。

「どうした門太夫、お前、そんなに猫好きだったのか？」

「いえ、別段そういうわけではございませぬが……偕楽の事情を聞けば、同情すべき点もあるのかな、と」

「どんな事情だ？」

「それがですな」

門太夫によれば、最近、偕楽はある女に懸想《けそう》したというのだ。しかし、相手は高嶺の花であり、諦めざるを得ない。虚しさ、寂しさを紛らせるべく「猫を飼おう」と思い立ったものらしい。

（ふん、その懸想した女とは、つまりは佳乃殿のことだ）

偕楽にとって高嶺の花なのは間違いない。なにせ佳乃は、筆頭老中本多豊後守の囲われ者なのだから。直参旗本であり、まだ若い小太郎でさえ諦めたのだ。売れない絵師で、いい歳の歌川偕楽如きが惚れるとは「片腹痛いわ」との意地悪な思いもなくはなかったが、所詮は恋に破れた者同士、五十歩百歩だと自嘲した。

「お前は、その『偕楽が懸想した女』が、どこの誰だか知っておるのか？」

「や、そこまでは聞いておりません」

「うん、それでよい」

傍から見ても、偕楽が佳乃に惚れていることは明々白々なのだが、門太夫はあまり賢くない。ボウッとして、まったく気づいていないのだろう。

(店子同士の好いた惚れたは、我ら家主側にとっては面倒事にしか過ぎない。この手の微妙な話は、門太夫向きではないからな。ま、知らないなら知らない方がこやつの精神面にもいいだろう)

「では、猫のことは、私の方から偕楽に話しておくよ」

「然様《さよう》でございますか、申しわけございません。宜しくお願い致しまする」

と、責任から解放されて安堵《あんど》したのか、瞬きも止まり、晴れやかな笑顔で幾度も頭を下げた。


「偕楽殿、おられるか？　母屋の小太郎です」

庭に立つ六軒の貸家のうち、小太郎の部屋から見て左から三番目、右から四番目に立つ偕楽家の玄関前で訪《おとな》いを入れた。本日も小太郎は、肩の辺りが日に焼けた袷の小袖に、脇差のみを帯び、下駄《げた》履《ば》き姿である。

しばらく待つと屋内で気配が動き、玄関の格子戸がわずかに開いて、暗い表情の偕楽が顔を覗かせた。

話が早いと思った。

偕楽は、腕に三毛猫を抱いていたのだ。

一階八畳の座敷へと通された。座敷も、次の間の六畳も、ガランとして家具調度はなにも置いていない。現在絵筆を執っているのかは知らないが、生活の場はすべて二階に置いているらしい。二階は八畳が二間だから中年男の一人暮らしなら、それで事が足りるのだろう。ただ、よく掃除はされており、不潔な感じはまったくしない。猫の糞尿が臭う様子もない。

一応は身分差があるので、床柱を背負った上座には小太郎が席を占めた。

「可愛い猫ですな」

「有難うございます。鈴と書いてレイと呼んでおりまする」

と、好々爺のような福々しい笑顔を見せ、猫を抱いたまま深々と頭《こうべ》を垂れた。

(偕楽は、こんな顔もするのか。今まで眉間《みけん》に皺《しわ》を寄せたしかめっ面しか見たことがなかった。これも三毛猫の御利益なのかな？　「猫を飼うのは迷惑だ」などとは言い難いが、それでも言わねばならんのが家主の辛いところだ）

「雌ですか？」

「はい、女の子」

ニッコリと円満に笑った。

「実は、本日ここへ来たのはその猫の件でして」

「レ、レイがなにか？」

急に表情が凍りつき、眉間に皴が寄った。いつもの見慣れた偕楽に戻った。

「猫は、爪を研ぎましょう。家の柱や壁で」

「あの……」

と、言ったなり言葉に詰まってしまい、偕楽は俯いた。左手で猫の腰の辺りを盛んに撫でている。今後の話の内容が想像できたのだろう。

「季節になれば牡猫が寄ってこようし、糞尿の問題もある。残念なのだが家主である私としては……」

「つまり、レイを捨てろと？」

消え入りそうな声だ。泣きだしそうな表情だ。孤独な男の心情にほだされ、小太郎も冷静でおれなくなっていた。

「捨てろとか、殺せとかは申しておらん」

「こ、殺すだとォ！」

いきり立ち、猫を抱いたまま、畳の上で膝立ちになった。

「だ、だ、だから、申しておらんと申しておるのだ」

シドロモドロになりながらも、両掌《りょうてのひら》を向けて激高する偕楽をなだめた。想像以上の親馬鹿――否、猫馬鹿である。

「ウャ――」

偕楽の腕の中で三毛猫が低く唸った。小太郎を下から睨む顔は恐ろしげだ。結構怖い。怒らせるとかなり狂暴そうだ。

「親戚だか、友人だかに譲ってはどうですか？　猫を」

「離れたくない。離れられない」

と、譫言《うわごと》のように口走り、三毛猫を懐に隠すように抱いて首を振り、そして言葉を続けた。

「それに」

「なんです？」

「手前は、女房子供にも見捨てられ、親類縁者《しんるいえんじゃ》も音信不通。言わば、天涯孤独《てんがいこどく》の身にございます」

その女房子供に見捨てられた原因は彼自身にある。性悪女《しょうわるおんな》に騙《だま》された挙句に女性不信に陥り、美人画が描けなくなったからだ。

「猫を預ける先が思いつきません。ちなみに、このレイも孤独な野良猫、お互いに相通じるものがあったのでございます。『おい』と呼べば『ニャー』と応える。そんな我らを殿様は引き離すと仰るのですか？」

顔を上げ、恨みがましい三白眼《さんぱくがん》で小太郎を睨んだ。

「なるほど。ご心情は、よく分かり申す」

まずはなだめて、一息入れた。

「親族でなくとも、朋輩《ほうばい》宅に預けては如何《いかが》かな？　永久《とわ》の別れということでもあるまい。たまには貴公が会いに行けばいいのです」

「その朋輩が、手前にはおりません」

猫を抱く中年男の両眼から大粒の涙が流れ落ちた。

「な、なんと。友人もおられぬのか？　なにも親友でなくともよいのですよ。知り合いとか、知人とか、顔見知り程度ならおられるでしょう」

「然様ですなァ。もしいるとすれば、隣家に住む中村円之助ぐらいなものかと」

「隣も私の家ですよ」

溜息混じりに返した。小太郎の貸家内で猫を盥回《たらいまわ》しにしても、猫害問題の解決にはならない。

「ですよねェ。困ったなァ」

と、しばらく猫に頬擦りしながら考えていたが、やがて顔を小太郎に向けた。目つきが変わっている。

「ね、殿様、これって、二両（約十二万円）の内なんじゃないですかねェ」

言葉も「伝法なもの言い」に変化している。偕楽の実家は棒手振《ぼてふ》りの魚屋だと聞いた。偶《たま》さか画才に恵まれ文化人風の上品な言葉を話してはいるが、地はこの程度のものなのだろう。

「どういうことです」

「毎月二両も払ってるんですから、猫ぐらい飼わせてもらっても罰《ばち》は当たらないんじゃないですかねェ？」

ギロリと睨んできた。

「つまり、猫の迷惑は受忍せいと？」

「だって、毎月二両払ってるんだもの。そのぐらいお願いしますよ」

（窮鼠《きゆうそ》猫を噛《か》むとは聞くが、追い詰められた猫馬鹿が家主を噛んでどうする。まあいい。ここは冷静に理詰めで反論するのみだ）

「駿河台の旗本屋敷、新築の二十坪なら二両は相場です。や、相場より安いぐらいだ。二両の中に『猫を飼う迷惑料が含まれている』とは考えません」

「みんなそれぞれに迷惑はかけてますよ」

猫馬鹿が粘りを見せた。一歩も退かない。

「洪庵先生は腑分け、敷島斎先生は謀反、相模屋の親分は博打だ。それでも殿様は黙っておられる。黙認しておられる。どうして手前だけが、お目零《めこぼ》しに与《あずか》れないのか、トンと合点が参りませんな」

「腑分けはもうしないと、少なくとも洪庵先生の御母堂は誓われました」

「それはつまり、先生御本人は『約束されていない』ってことですよね？」

ニヤリと狡猾そうに笑った。

「母親が誓ったのだ。それでも腑分けを強行するようなら、洪庵は母の名誉を汚しても平気な親不孝者ということになる。その時点で、信頼関係は崩壊しており、私は彼に貸家からの退去を求めます」

「敷島斎先生の危険思想はどうなんです？　アンタ、幕臣だよねェ」

「敷島斎は学んでいるだけだ。現状、実害はない。もし行動を起こすようなら貸家からは退去してもらうし、幕府へも通報する。それから、今度『アンタ』と呼んだら、私は貴公を殴るぞ」

「……そ」

さしもの猫馬鹿も、一旦は口を閉じた。だが、猫との暮らしを守りたい偕楽は再び不遜《ふそん》な口を開いた。

「ば、博徒の相模屋はどうなんです？　博打は御法度ですよね？」

「相模屋からは父が借財をしておる。だから文句は言えんのです」

「そんなこたァ知りませんよ。小太郎様の御家の事情でしょうが」

「他の店子の問題は『黙認している』と貴公が言うから『ただの黙認ではない。立場上黙認せざるを得ないだけだ』と説明したまでです」

「う……」

また口を閉じた。都合が悪くなると、押し黙る癖があるらしい。

「偕楽殿、やはり猫は困りますよ。諦めてもらいたい」

「そんな」

家主と店子の間に、冷たい沈黙が流れた。やがて店子の方が口を開いた。

「分かりました。家賃の他に、月に金一分（約一万五千円）出しましょう」

と、右手人差指を一本立てて示した。

「猫の迷惑料です。小太郎様はその一分金を積み立てておけばいい。もし手前がこの家を退去することになれば、その積立金で壁や柱の疵《きず》を直したり、臭う畳《たたみ》を換えたりすれば宜しい」

「ほう、なるほど、現実的ですな」

「では、そのように」

「待った」

と、掌《てのひら》を偕楽に見せて止めた。

「月に、二分（約三万円）だ」

指を二本立て、偕楽に迫った。

「あ、阿漕な。阿漕だよ。足元を見やがって、その態度はなんです……アンタ、それでも家主かい？」

ゴン。

間髪《かんはつ》を容《い》れず、身を乗り出して偕楽の頭を拳固で殴った。

偕楽が頭を抱え込んだ。三毛猫が「ミャー」と鳴いて、偕楽の膝から逃げ出した。

「イテテテ」

「アンタと呼んだら殴ると言ったでしょう。アンタ呼ばわりは駄目。今後は毎月迷惑料込みで二両二分（約十五万円）ずつ支払うこと。そうすれば、三毛猫一匹に限り、この家で飼っても宜しい。どうだ？」

「の、乗った」

偕楽が殴られた箇所を押さえながら頷いた。

この日以降、三毛猫のレイは、大矢家の店子の一員となった。

三

「あ、父上」

父が背を向け、広縁に座っている。なにか呟いているようだ。

背後から近づいてみて驚いた。独り言に非《あら》ず。官兵衛は、膝に三毛猫を抱き、彼女に話しかけていたのだ。

「なんだ。レイじゃないか」

「シャ――――ッ」

と、猫は小太郎に牙を剥き、耳を伏せ、爪を出して威嚇《いかく》した。

「え、この三毛ちゃん、レイっていうの?」

(み、三毛ちゃん?)

「そうです。歌川偕楽の飼い猫です」

「シャ――――ッ」

「お前のこと、嫌いみたいだぞ?」

「飼い主をこいつの前でぶん殴りましたからね」

「おいおいおい、店子に手を上げちゃ駄目だよォ。なにがあった？」

「私のことを……」

と、「アンタ」云々の顛末《てんまつ》を正直に伝えた。

「あ、そりゃ偕楽が悪いや。殴られて当然だわ」

「そうでしょう。私は一度警告したんだから」

猫は相変わらず官兵衛の膝の上で、小太郎への威嚇を続けている。

（ま、飼い主を殴った私を嫌うのは忠義の心の表れだろう。誰にでも「ニャン」と甘える節操のない猫よりは気骨を感じる。中々見上げた猫じゃないか。ただ、こいつも雌なんだよなァ）

若い小太郎にとって「女性にもてない」ことが目下最大の劣等感だ。

「相当嫌われてるなァ。そもそも、お前ェは偕楽になにを言いに行ったんだい？」

「だから、その猫ですよ」

と、経緯を過不足なく伝えた。

「へえ、じゃこの三毛猫は、月に二分（約三万円）の価値があるってことかい？」

と、嬉しそうに猫の頭を撫でた。

「そうです」

「シャ――――ッ」

「じゃ、多少嫌われても我慢だな。お前ェが癇癪《かんしゃく》を起こして蹴り飛ばしでもしてみろ、こいつは怯えてこの屋敷から逃げ出しちまうぞ。そうなりゃ、我が家は月二分の減収ってことになる」

「た、確かに」

多少の不満はあったが、父の言葉はもっともだ。短気はいけない。三毛猫に好かれる努力をせねばなるまい。

「殿様」

広縁の隅に女中のお鶴《つる》がかしこまり、平伏した。

「おう」

「うん」

期せずして同時に、官兵衛と小太郎が返事をした。しかし、この場合「殿」と呼ばれるべきは小太郎の方である。官兵衛なら「大殿」、乃至は「御隠居様」と呼ばれてしかるべしだ。

父と子で見交わし、父親の方が倅に譲って、掌で小太郎の方を指した。

「なにごとだ、お鶴？」

「山吹屋の於金様が玄関に……」

「あ、オイラだろう」

と、官兵衛が膝から猫を放り出し、嬉しげに立ち上がった。


「なんでアンタが付いてくんのよォ？」

赤と黄色の派手な牡丹柄《ぼたんがら》の振袖《ふりそで》に、金簪《きんかんざし》姿の於金が不満げに振り返った。

（また「アンタ」か。本名を「大矢アンタ」にでも改名しようかな）

腕を絡めて歩く官兵衛と於金の二間（約三・六メートル）後方を歩きながら、小太郎は内心で苦虫を嚙みつぶした。

於金を含め、三人だけで駿河台を下り、今は俎板橋《まないたばし》に向けて歩いている。どんな貧乏旗本でも、外出時には従僕《じゅうぼく》の一人ぐらいは同道するのが心得だ。ただ、今日のところは官兵衛も小太郎も小袖の着流しだし、女連れだし、公方様には大目に見てもらうことにした。

「私も一応は直参旗本家の当主だ。アンタ呼ばわりは困る」

と、父とその恋人の背中に向け、不満をぶつけた。

そもそも、「一緒に来い、大矢家のためだ」と小太郎を誘ったのは官兵衛だ。別に来たくて来たわけではない。それをこのように、なぜ阿婆擦《あばず》れ風情から「アンタ呼ばわり」されねばならないのか、小太郎には合点がいかなかった。

「アタシはね。いずれアンタのおっ母《か》さんになるお人だよ」

「ハハハ、お、於金ちゃん、き、き、気が早《はえ》ェよ、ハハハ」

於金の言葉を聞いた官兵衛が、慌てて「待った」、乃至は「たんま」を入れた。

日頃の言動に鑑《かんが》みれば、官兵衛は「於金は小太郎の嫁に」と考えているようだ。

そもそも、於金の父の銀蔵は、一人娘を「直参旗本家当主の奥方様に」と望んでいるのであり、「隠居の後妻」にと望んでいるわけではない。下手をすると「縁組と借金は別の話」と言い出しかねない。それでは於金を大矢家の嫁にする意味がなくなる。

（やはり、私と於金がくっつくのが一番収まりがいいのだろう。でも、於金当人が

私を嫌っているのだから始まらないよなァ）

と、小太郎は首筋を掻いた。

現状、官兵衛と於金は交際中である。文通もしているし、こうして腕を絡めても歩く。さすがに今はまだ閨《ねや》の関係まではないのだろうが、若く肉感的な於金への性的興味を官兵衛は隠そうともしない。

（まさか、美味《おい》しい所だけ御自分が貪《むさぼ》り食い、残り物は私に押し付けたいとお考えなのかなァ。まさか、さすがに、幾ら父上でもそこまではないかァ）

ま、十中八九、官兵衛の本音はそれであろう。今さら父の「虫の良さ」「厚顔無《こうがんむ》恥《ち》」を詰《なじ》っても詮無《せんな》いことである。父は端からこういう男なのだ。

「自分の義理の息子を、アンタと呼んで何が悪いのさ」

於金は、官兵衛との水入らずの外出が、急に「瘤《こぶ》つき」になったので、大いに不満なようだ。駿河台の坂を下りきった辺りから、ずっと小太郎に嫌味を言い続けている。

「年齢も私の方が上だし、これでも男だ。最低限の敬意は払ってもらいたい」

「ちょっと、聞いたァ？　馬面《うまづら》のくせに『最低限の敬意』だってさ。笑う〜」

小太郎を無視して、於金が官兵衛に甘えた。

「あれでなかなか、珍宝がでかいんだぜェ、ゲヘヘヘ」

「ヤダ、官ちゃん、助平ェ、キャキャキャキャ」

(死ねッ、死ねッ、馬鹿女。水堀に落ちて苦しみながら溺れ死ね!)

小太郎が心中で密かに呪った。

「父と夫婦《めおと》になってからなら『アンタ』でも『アイツ』でもいい。でも、今はまだ違うのだから、殿様とまでは言わんが、せめて小太郎殿とか、小太郎さんとか呼んで欲しい。常識でしょう?」

「アタシ、常識とか知らないもん」

「ならば学ぶことです」

「なに、こいつ? 言うことが爺ィ、顔つきが石頭」

今度は官兵衛の腕にしがみつき、甘ったるい声で小太郎の無粋を訴えた。

(阿婆擦れの馬鹿女が、「顔つきが石頭」ってなんだ? 意味が分からんわ)

と、心中で毒づいた。国語的に解説すれば、「顔つき」は外形面の表現で、「石頭」は内面的な表現だ。異質な両者を無理くりで繋いだところが「阿婆擦れの馬鹿女」たる所以《ゆえん》なのであろう。

「こいつを産んだ母親がさァ」

官兵衛が於金に小声で耳打ちした。

「生真面目が取柄のお堅い女でさ。お袋の血が、こいつの石頭には相当影響してると思うんだわ」

「於金殿、言っておきますが」

自分のことは兎も角、亡き母まで引っ張り出されては黙っていられない。

「私の父は遺憾《いかん》ながら女たらしです。味噌《みそ》も糞《くそ》も見境《みさかい》なしだから。死んだ母も大層泣かされました。貴女《あなた》も気を付けた方がいい」

「こら」

官兵衛が首をよじって、背後の小太郎を睨みつけ、声には出さずに口パクで「おやふこうもの」と詰った。

「全然、浮気は男の甲斐性だから。アタシは、官ちゃんを縛りつけたりしない。酒も女も博打も、豪快にやってもらいたい」

「お、おう」

引《ひ》き攣《つ》った笑顔で、官兵衛が若い恋人に応じた。

「父上、よかったですね。これで浮気のし放題だ。いつまでも気儘《きまま》に生きたいと仰っていたから、理想の暮らしが始まるのですね。実に羨《うらや》ましい」

「手前《てめ》ェは黙ってろ」

と、倅を低い声で牽制《けんせい》し、阿婆擦れに向き直った。

「でもよォ、於金ちゃん」

少し不安になったのか、猫なで声だ。

「本当に祝言挙げた後でも、外で女遊びしていいのかい？　本当に平気なのかい？」

「いいわよ。その代わり、アタシも遊ぶけどね」

と、怖い目に睨んできた。

「そりゃそうでしょ？　亭主が遊ぶ。女房も遊ぶ。恨みっこなし」

「遊ぶって……それは『外で男遊びをする』って意味なのかい？」

「そうだよ。嫌なら、官ちゃんも遊ばないこと。女はアタシ一人で我慢して」

「と、と、当然じゃねェか」

官兵衛、肩をすぼめて引き攣った笑顔で天を仰いだ。

（ハハハ、父上、ざまを御覧なさい、そんな美味《うま》い話なんぞ、そうそうあるもんかハハハ）

小太郎は内心で鬼のように笑った。

四

小太郎は、俎板橋の袂《たもと》で父と別れた。

官兵衛と於金が橋を渡り、九段坂《くだんざか》方面へと歩み去るのを一人で見送った。於金の小さな背中がはしゃいで揺れていた。

（現金なものよ。嫌いな私と別れたと同時に、あの浮かれようだ。似た者同士、父上と宜しくやって下さい）

やっかみ半分、小太郎は冷笑を浮かべた。

（さて、どうするか。このまま屋敷に帰るのも業腹《ごうはら》だしなァ）

そこで、俎板橋を中ほどまで渡ってみることにした。

草履《ぞうり》の下で敷板《しきいた》がギシギシと鳴る。然程《さほど》に人の往来は多くない。現代でこそ俎板橋は、靖国通りが東西に通う大幹線だが、往時、橋の東側は武家屋敷街で行き止まりになっており、今ほどの繁栄はない。

欄干《らんかん》の際で足を止め、身を乗り出して川面《かわも》を覗いた。この飯田川《いいだがわ》を下れば、日本橋の下を通る。後年の日本橋川である。

風のない日であった。二間（約三・六メートル）下の水面に、自分の顔が揺れていた。細長く、青白く、凡庸《ぼんよう》で面白味《おもしろみ》のない顔だ。

（私の周囲は、揉《も》め事《ごと》ばかりだ）

小太郎は溜息をついた。

（特に女子《おなご》と対立することが多い。嫌だなァ）

最前は、義理の母になるかも知れない、或《あるい》は、己が妻になる可能性すらある於金と、皮肉の言いあいを延々と繰り広げてしまった。

密かに思いを寄せる佳乃とは、イカサマ賭博師であることを知られて以来、満足に言葉すら交わしていない。目も合わせてくれない。有《あ》り体《てい》に言えば、軽蔑され、嫌われている印象だ。

さらには、小太郎の顔を見るたびに「シャ――ッ」と唸り、牙を剝くのは、愛くるしい三毛猫で、つまりこれも雌である。

（私は人畜を問わず、女子全般から好かれない性質なのだろうか。因果なことだ）

甲府勤番士時代、甲府の釜無川《かまなしがわ》の畔《ほとり》で度々顔を合わせた農家の娘とは、通りすがりに会釈を交わす以上の関係にはなれなかった。今も名すら知らない。

「これって、本当に因果なのかな？」

頭に浮かんだ言葉にひっかかり、思わず声が出た。通りかかった職人風の男が、川面を見下ろす若い武士の背中を、振り返りながら歩み去った。思い詰めて、身投げでもするのではないか、と訝《いぶか》しがられたのかも知れない。

（今、私は「因果なことだ」と心中で考えた。つまり、女と揉めるのは自分の所為《せい》に非ず。すべて「不運によるもの」と言い繕おうとしたのだ）

確かに、自分に起こる災厄《さいやく》を、運や定めの所為にすれば気楽でいい。ただ、それは「逃げ」でもある。運の所為になどせず、己が欠点、短所と向き合い、対決し、克服せねば成長は望めない。

（よい例が父上だ）

欄干に両手を突き、冬の空を見上げた。

よく晴れてはいるが、抜けるような青空とは言えない。なんとなく黄色くくすんで見える。未明までは風が強く吹いていたので、土埃《つちぼこり》を上空まで巻き上げたのかも知れない。

(父上は厄介事から逃げてばかりおられる。甲府勤番の折もそう。借財返済もそうだ。母上が生きておられる頃はすべて母上に、母上が逝かれた後は、私になんでも押しつけてくる。あんな安直な生き方では、人としての成長は望めない。現に父上は、形《なり》こそ大人《おとな》だが、内面は童《わらべ》のままだ。ガキのままだ。ああはなりたくない。や、断じてなってはならないのだ)

そう思いなし、欄干から離れた。

(大体「童のような心」といえば、まるで誉め言葉のようだが、試しに大人子供と一緒に暮らしてみろ、裸足で逃げ出したくなるぞ)

子供は無垢《むく》で、成長するにつれ汚れを纏う、との考え方と、子供は獣と同じであり、教育により人間らしさを初めて獲得するものだ、との相反する考え方があると思う。小太郎は完全に後者の側に立つ。

（私自身がそうだった。ガキの頃はもう、酷いことばかり考えていたものさ。大人になるにつれて、色々と苦労して、悩んで、世間が見えて、やっと円《まる》みを帯びて人らしくなったのだ）

人の本質が善だとは、小太郎はどうしても思えない。

（そんな思想だから、女から嫌われるのかなァ）

物思いに耽《ふけ》りながら、飯田川に沿ってフラフラと南東に歩いた。

このまま川に沿って下れば、龍閑川《りゅうかんがわ》との分岐辺りで鎌倉河岸《かまくらがし》となる。鎌倉河岸に面した鎌倉町には、煮売酒屋の「水月《すいげつ》」がある。お松《まつ》がいる。

（お松殿に会いたい）

彼女とはかつて一度飲んだことがある。小太郎が小便に立《た》ったとき、お松が後を追ってきて、壁に押しつけられた。そして顔を寄せ、熱い吐息《といき》を吹きかけられたのだ。煮売酒屋の女将にとっては、ごくありふれた些《さ》末事《まつごと》の一つに過ぎないのだろうが、女に慣れのない若い小太郎にとっては、一気に酔いが醒めるほどの重大事件だったのだ。

（好いた惚れたとまでは言わんが、少なくともお松殿は、私に悪感情は抱いていないはずだ。なんぼなんでも、大嫌いな相手に、あんな大胆なことをするはずがないものなァ。「化け猫、ニャオン」とか、耳元で囁《ささや》かれたものなァ）

お松に会いたかった。無性に会いたかった。彼女に会えば、失った自信を、落ち込んだ気分を回復させられそうだ。

（で、私はお松殿に会って、どうするつもりなのだろうか？）

ふと歩みが止まった。

（慰めてもらいたいのか？　同情してもらいたいのか？　それとも、もっと卑しい、虫のいい、劣情《れつじょう》塗《まみ》れの望みを抱いているのだろうか？）

色々と自問してはみるのだが、答えは出ない。一旦歩き出せば、足は勝手に飯田川を下っていく。

（私も、父上のことを偉そうにアレコレ言えないなァ）

官兵衛と小太郎の関係性は、父子というより兄弟、乃至は友人関係に近い。父のことは——尊敬こそしていないが——決して嫌いではない。父親だからではなく、一緒にいて楽しいのだ。それは確かにそうなのだが、今回に関して言えば、一人の女性が——於金のことだが——あからさまに「若い自分より、老いた父を交際相手として選んだ事実」は、小太郎の心を萎《な》えさせていた。若さという有利性をもってしてもなお、性的魅力において自分は父に勝てないのだから。


水月の前に立った。立ってしまった。

冬の最中《さなか》であり、腰高障子《こしだかしょうじ》こそ閉まっていたが、すでに縄暖簾《なわのれん》は出されているし、屋内には人の気配があった。酒を出すにはまだ早いが、河岸で働く男たちに食事を提供したりするのだろう。もう店はやっているようだ。

小太郎は、ゆっくり深呼吸をした後、縄暖簾を撥《は》ね上げ、障子を開けた。

「いらっしゃ……あら、小太郎様」

小上がりに残された折敷《おしき》や土器《かわらけ》を片付けていたお松が振り返り、艶《あで》やかな微笑を送って寄越した。他に客はいないようだ。

「いいですか？」

どうしても肉置《ししお》きの豊かなお松の腰の辺りに向かい勝ちな視線を叱責《しっせき》し、抑え込みつつ、無理に微笑《ほほえ》んでみせた。

「勿論どうぞ。お一人ですか？」

「はい、お一人……や、一人です」

緊張感で言葉遣いが可笑しい。お松から「劣情塗れの卑しく虫のいい心底」を見透かされそうで、小太郎は背筋に冷や汗をかいた。

「お酒は？」

「では少しだけ」

「寒バヤの甘露煮《かんろに》しかないけど、宜しいですか？」

板前《いたまえ》の親吉《しんきち》は、七つ（午後四時頃）過ぎに店に出てくるらしい。水月には現在、お松と小太郎の二人きりということになる。

「はい、甘露煮をいただきます」

ハヤとは、ウグイやオイカワなどのコイ科の小魚の総称だ。活性が高く釣り易いのは春から秋にかけてだが、もし寒い時季に工夫して釣れば、これは脂が乗って非常に美味い。

「今日は一体、どうされたんです？」

甘露煮の身を箸《はし》で解《ほぐ》す小太郎を、小上がりの縁に腰をかけたお松が、曖昧《あいまい》に微笑みながら眺めている。この時代の飲み屋に椅子や食卓はまだない。小上がりか座敷の床や畳上に、折敷を置き、そこから直接に飲み食いした。

「ど、どうって」

素焼きにされた後、砂糖醤油で甘辛く煮られたハヤの半身を、思わず箸で押し潰してしまった。

「あのォ」

「はい？」

「お、お松さんの顔が見たくなって来ました」

蚊が鳴くような声で囁き、お松を見つめた。

「あら、嬉しい」

小太郎は「つまらんことを言った」とすぐに後悔した。「嬉しい」と言ったお松の顔から、一瞬微笑が消えたのだ。口元は微笑んだままだが、目が冷たく変化した。自分なりに「女が喜びそうな台詞《せりふ》」を選んで口にし、そして「外した」のだ。

「す、済みません」

赤面して俯き、箸を折敷に置いた。

しばらく沈黙が流れて後、お松の方が口を開いた。

「謝ることはないじゃないですか」

「……あの」

もう帰りたくなっていた。来るべきではなかった。

「嬉しいのは本心ですよ」

と、俯いた小太郎の顔を、下から覗き込んできた。

「私ぐらいの婆ァになると、小太郎様のように若くて綺麗な殿方なら、むしろ、こちらからお願いしたいくらいです。だって、化け猫、ニャオンですもの」

「あ、いや」

「でも、今日は嫌。下心が見え見えです。ガツガツしてる小太郎様なんて、見たくないから」

（ほら、いきなり看破されてるじゃないかァ）

「ガ、ガツガツしてますか？」

「はい。ガツガツしておられます。そうお見受け致しました」

「ええっと……」

耳まで赤くなっているのが自分でもよく分かる。

「で、出直します」

「お待ちなさいな」

と、席を立ちかけた小太郎の袖を押さえ、お松が制した。

「何かあったのですか？　わけを聞かせて下さいよ。貴方様《あなた》は、一度私の家で死にかけておられるのですから、今さら隠し事は水臭いじゃありませんか」

死にかけた――とは、件《くだん》の浜町堀で襲撃を受けた夜のことを指す。左太腿に「骨が見えるほどの傷」を受けた小太郎は、この水月に転がり込み、お松が洪庵を呼んでくれたお陰で一命を取りとめたのだ。

「確かに。貴女の仰る通りだ」

と、また小上がりに腰を下ろし、お松に向き直った。

水月は、鎌倉河岸に面しており、その彼方を飯田川が右から左に流れていた。飯田川の向こう岸は広大な大名屋敷で、川を見下ろす二階建ての長屋塀《ながやべい》が何処《どこ》までも続いていた。福井藩松平家《ふくいはんまつだいらけ》の上屋敷であるそうな。神君家康公《しんくんいえやすこう》の次男、松平秀康《まつだいらひでやす》が起こした御家門の親藩大名だ。秀康は、豊臣家へ養子に出た関係で将軍職こそ継げなかったが、二代将軍秀忠《ひでただ》の歴《れっき》とした兄貴である。鬱蒼《うっそう》たる緑の海に、巨大な檜皮《ひわだ》茸《ぶき》の屋根が幾つか浮かんで見えた。

「男としての、自信？」

お松が呆れたように訊き返した。

「ええ、まあ、はい」

小太郎は、きまりが悪くなり首筋を掻いた。

「若くて、健康で、男前で、腕が立って、学問所でも優秀、その上御身分は五百石の御直参。小太郎様がもし自信云々を仰せになるなら、世の中の男どもは、表を歩けやしませんよ」

「そんなことはないです。私は雌猫にまで嫌われるんだから」

「猫ですか？」

お松が吹き出した。

「札差の娘も、最初は私と見合いをするはずだったんですが、父上に惚れたみたいで、私は毛嫌いされています」

「その御令嬢のことが好きだったのね？」

「まさか、それは違います」

小太郎、頭《かぶり》を振って否定した。あんなズベ公に惚れているなぞと、自分の矜持《きょうじ》が許さない。体裁が悪い。

「結構な阿婆擦れですからね、私には合わないと思う」

「はあ？」

お松が小首を傾げた。

「好きでもない相手なら、誰とくっついたって構わないじゃありませんか」

「それはそうですけど……なんだか残念と言おうか、無念と言おうか」

「小太郎様が本当にお好きな方は何方《どなた》？」

「一応、気になっている女性《にょしょう》もいるにはいるのですが、とんだ高嶺の花で、私のことは、むしろ軽蔑しているようです。どうにもなりません」

「なるほど、それで『どうにかなりそうな年増《としま》』のところに来たわけね？」

「あ、や、決してそのような……」

言葉に詰まった。進退窮《きわ》まった。

「でも、そうゆうことでしょ？　いくら下賤《げせん》の身の年寄りだからって、これでも一応は女なんですからねェ。あまりに酷くはございませんか？」

「や、一言もない。申しわけございませんでした」

と、小上がりの上で平伏した。

お松は、憤懣《ふんまん》遣《や》るかたなしの風情で、しばらくそっぽを向いて考えていたが、やがて小太郎に向き直った。

「結局ね、小太郎様はまだ恋路を知らないのよ」

「こ、恋路ですか？　今申しました通り、気になる女性はいないこともないのでござるよ」

「だから、それは本当に恋ですか？」

「本当に、と言われると自信が持てませんが」

「結局、貴方は女衆からチヤホヤされたいだけ。阿婆擦れからも、猫からも、高嶺の花からも、どうにかなりそうな年増からもね。兎に角、自分を受け入れさせたい。でも、そんな料簡《りょうけん》だから誰からも相手にされやしない。それで男の自信とやらを失《な》くしたとお嘆きになってる」

ここまで一気にまくしたてて、お松は長い溜息をついた。

「小太郎様、私、少しだけがっかりです」

「あ、いや……」

小太郎の頭の中で、時鐘がゴーンと鳴った。

五

官兵衛は、俎板橋の袂で小太郎と別れた。於金とじゃれ合いながら橋を渡り切り、九段坂に向かって歩いた。すぐ左は内堀の牛《うし》ヶ淵《ふち》で、田安門《たやすもん》が見え、御城内は目と鼻の先なのだが、右手には延々と町屋が続いていた。かつて神君家康公の案内を務めた地元農民の苗字から、飯田町《いいだまち》と呼ばれる。

「中坂《なかざか》の途中に、美味い卵焼きを食わせる店があるそうな」

中坂は、九段坂と平行し、飯田町を東西に突っ切る幅広の坂道である。往時は九段坂より中坂の方が栄えており、店も人通りも各段に多かった。

「アタシ、卵焼き、大好きよ」

「そこの名物はな、芯《しん》に鰻《うなぎ》の蒲焼《かばやき》を巻き込んだ卵焼きなんだ」

「鰻巻卵《うまきたまご》ね。美味しそう」

鰻巻卵——関西では、淡白な出汁で卵を溶いて巻くが、関東では濃厚なかえしで溶いて巻いた。当然、関東風は甘塩《あまじよ》っぱく、飯にも酒にもよく合う。

「まだ陽は高《たけ》ェが、二人でしっぽり一杯いくか？」

「私、お酒も大好き」

「於金ちゃんは、なんでも好きなんだなァ」

「でも、官ちゃんが一番好きよ、ウフフ」

「エヘヘ、そうかい？　おっちゃん、照れるなァ」

と、少し俯き、鬢《びん》の辺りを指先で掻いた。

「可愛〜い」

と、官兵衛の肩にもたれ掛かり、豊満な胸を二の腕辺りに強く押しつけてきた。

「……お」

動揺した官兵衛が、真顔で於金を見ると、十九の娘は小首を傾げ、顔をくしゃくしゃにして微笑んでみせた。

（い、いい娘《こ》じゃねェか）

なにしろ、於金は上機嫌である。二十四歳の年齢差を超え、官兵衛との逢瀬を心から楽しんでいるように見えた。

（オイラも男だァ。山吹屋からの借金のことは兎も角、この娘《こ》の気持ちを無下《むげ》にしたら、男が廃《すた》るわなァ）

遊び人の官兵衛が心中で呟いた。


「美味いか？」

「うん、美味しい」

と、於金は笑顔で鰻巻を頰張《ほおば》った。

中坂を上って左側、坂の途中にあるよつぎ稲荷《いなり》を目印にその店を見つけた。二階に通され、名代の鰻巻を注文した。寒い時季である。酒は勿論、熱燗《あつかん》だ。

（それにしてもよォ。この娘《こ》はなんで、出来の良い小太郎じゃなくて、出来損ないのオイラなんぞを選ぶんだァ？）

土器を一気に干しながら、官兵衛は考えた。

（遊び相手ならオイラでもいいよ。でも、夫婦《めおと》になるなら話は別だァな。小太郎のような堅実な野郎の方がいいと思うんだけどなァ）

「あのさァ。於金ちゃんとオイラの付き合いはよォ」

不安を感じた官兵衛が、土器を膳に置き、真面目な顔で質した。水月などより高級なこの店では、折敷ではなく、猫脚付《ねこあしつき》の御膳《おぜん》に皿を載せて客に供する。

「てて親の銀蔵さんも絡んでる話だから、一応は夫婦になるって前提での付き合い、そう思っていいのかな？」

「そらそうよ。遊びじゃ困るわ」

当惑した様子で箸を止め、大きな目で官兵衛を見た。

「於金ちゃん、十九だったよな？」

「うん、十九」

「おっちゃん、四十三なの分かってんな？」

「うん、二十四ンこ上だね」

「お前ェがやっと四十になったとき、オイラは還暦過ぎの爺ィだぜェ」

「あ、や……ま、そうだけど」

と、於金は表情を曇らせ、静かに箸を膳に置いた。中坂を見下ろす二階座敷には、官兵衛たちの他にも幾組かの客がいて、それぞれ昼酒や鰻巻を楽しんでいる。

「アタシなりに、色々と考えてみたんだよ」

前屈みになり、少し声を潜めて言った。

「で、どうなった？」

官兵衛も声を潜めて訊いた。

「考えても明日のことは分からないから『今、考えるの止《や》めとこう』って」

於金が莞爾《かんじ》と笑った。

「でも、そりゃ、駄目だよ於金ちゃん」

官兵衛、一気に脱力した。

「自分のことなんだから、真剣に考えなきゃ」

「そらそうだけど。本当に人生って分からないでしょ？　去年までのアタシは、一生おっ母さんと深川で暮らすんだと思ってた。そしたら奥様が急に亡くなられて、おっ母さんが本妻さんに昇格したの。アタシは、妾の子からお嬢様に大出世よ」

「人生、分からんもんだねェ」

「そう。分からないの。だから今日のことだけ考えて、今このときだけを生きることにしたの」

「ふ、深いねェ」

(深いかどうか知らねェが、それで本当に大丈夫か?)

取りあえずは肯定的な返事をしつつも、内心では於金の人生観を危ぶんでいた。

(禅坊主みてェなこと言ってるが、奴らの言説の通りやってたら人生詰むよ……明日を考えて今日を生きるべきなんだろうよォ。於金ちゃんの考え方じゃ、まるでその日暮らしの風来坊だわなァ)

ただ、頭から否定しては、若者は心を閉ざす。

(若い奴に説教は駄目だァ。まずは煙たがられるからなァ)

長く生きている。その位の分別はある。

「考えない生き方ってのも勝ち気でいいけど。でも、おっ母さんはどう言っておられるの? なにせ一人娘の将来だァ。あれこれと案じておられるんじゃねェのかなァ」

「ハハハ、おっ母さんは駄目よ。アタシより馬鹿だから、なんにも考えてないの、アハハハ」

「あ、そうなんだ、ハハハ、ハァ……」

（銀蔵の野郎、ど〜ゆう基準で女を選んでやがるんだ？）

「それでアタシ決めたの。人生『太く短く生きよう』って」

「へ〜、そいつァ剛毅だねェ」

本人がそう決めたのなら、傍から官兵衛が言うべきことはない。

六

旧暦四日の細い月が、遠く丹沢の上空に浮かび上がった頃、自邸の近くで父と子は鉢合わせた。見上げれば、鴉《からす》が「カー」と鳴いて塒《ねぐら》へと帰っていく。

「よお、小太郎」

「ああ、父上」

薄暗い中、互いの姿を認め、双方が手を振った。小太郎は、鎌倉河岸から飯田川を遡ってきたが、父は筋違橋御門《すじかいばしごもん》の方から来た。俎板橋で別れたとき、官兵衛と於金は正反対の九段方向へと歩み去ったのだから、小太郎は少し驚いた。

「於金ちゃんを店まで送ってきたのさ」

たと言う。

於金を店まで送り届けた後、蔵前から神田川沿いに散歩がてらブラブラ歩いてき

「そうそう」

「蔵前まで?」

「優雅なものですね」

「へへへ、まあなァ」

その後は二人とも黙って屋敷まで歩いた。すでに門番はいなかった。彼方に見える辻番所に灯《とも》りが点れば「邸内に入ってよい」と命じてあるのだ。小太郎が甲府から帰参するまでは、官兵衛の判断で相模屋一家の若い衆が門番に立っていたが、今はちゃんと大矢家の奉公人が——六人いる中間小者が、交代で務めている。

「蔵前まで送るとは、随分とお優しいのですね」

「そら送るだろう。夕方だし、於金ちゃんはお供も帰しちまってる。振袖を一人で歩かせるわけにもいくめェ」

於金は、大矢邸まで町駕籠《まちかご》に乗り、若い女中と小者一人を連れてきていたが、官兵衛と出かけることになり、因果を含めて先に帰していた。

「それはそうですけど」

と、潜戸《くぐりど》を後ろ手で閉めながら小太郎が呟いた。通りから邸内に入ると、さらに暗く感じる。彼方に玄関灯がボウッと白く光って見えた。

父の言う通りだとも思うが、小太郎には女子供に限らず、他人を「家まで送っていく」という発想自体がなかった。

「それだからお前ェは駄目なんだよォ」

玄関に向け、よく手入れのされた前庭を歩きながら、官兵衛が苦言を呈した。

「安全や外聞だけのことじゃねェ。『別れが辛いよ』『少しでも長く貴女と一緒にいたい』てな気持ちが女に伝わるだろ？　そこで女は痺《しび》れるわけさ」

「し、痺れる？」

「ビビビと痺れるねェ。送るときは、ちゃんと手を繋いで歩くんだぞ」

「手を繋ぐって……人前で？　子供じゃないんだから」

「や、騙されたと思って一度やってみろ。そりゃ、女は『やだァ』とか一応は言うよ。でも、心の中ではドギマギしてボーッとなってやがる。この男にならば『帯を解《ほど》いてもいいかな』って気分になんだよォ」

「ほお……な、なるほど」

無性に悔しくて、なにか一言二言、言い返してやりたい衝動に駆られなくもなかったが、昼間、お松とのことがあっただけに「先人の言葉は素直に聴いておこう」と、黙って頷くことにした。

「ね、父上」

「あ？」

と、前を行く官兵衛が足を止め、振り返った。

「ある人から、私はまだ『恋路を知らない』と言われました」

「へえ。知らねェのか？」

「さあ、よく分かりません。女子衆からチヤホヤされたいだけだって言われました。少し落ち込みました」

「よォし、父ちゃんが詳しく聞いてやろうじゃねェか。人生相談だなァ、へへへ」

と、嬉しそうに両手を揉み合わせた。

「別に、お前ェだけじゃねェや。幾つになったって、男は目の届く範囲全部の女からチヤホヤされたいもんだわな。それが普通だよ」

父の部屋で父子酒《おやこざけ》となった。

「でもなァ。恋路に陥ると、不思議にその他大勢はどうでもよくなる。一人の女だけを見るようになるんだァ」

「ほうほう」

「流行病《はやりやまい》を患《わずら》ったようなもんで、半年か、長くて三年ぐれェで元に戻るよ」

「それが恋ですか」

「そうそうそう」

「つまり恋路は、もって三年ってことですか。三年経てばチヤホヤされたいに戻ると仰せですか」

「その女を嫌いになるってわけじゃねェが、なぜか、他の女にも目が行くようになるなァ」

と、一気に土器を干し、その盃をジッと見つめた。

「酒と似てるよ。飲めば酔うが、いずれは醒める。飲んでるときは楽しいが、翌朝は気分が悪くなる。で、宿酔《ふつかよ》いしないためにはどうしたらいい？」

「ほどほどに飲む？」

「御名答。恋路もホドホドにしとくのが上策よォ。いずれ醒めるんだ。人生にとって大したことじゃねェ」

と、肴《さかな》の沢庵《たくあん》をポリポリと頬張った。

「ただ、ホドホドもなにも、私はその流行病を患ったことすらないわけですから。なにか欠陥でもあるのでしょうか？」

「お前ェ、二十二か？」

「はい」

「どうせ患うなら早い方がいいかな。ガキの頃に麻疹《はしか》を患っても十日で治る。爺ィになってから患うと、命に係わるんだぞ」

と、怖い顔で睨まれた。

「どうやったら患えます？　相手もいることだし。私はそうそう女性《にょしょう》からもてる性質《たち》ではないです」

「や、恋路に相手は関係ねェよ。お前ェが惚れりゃ、それで恋だ。恋が実れば、そりゃ大団円だが、実らなくても恋は恋さ」

（実らなくても恋は恋か。蓋《けだ》し名言だなァ。でも、どこまでが真面目で、どこからが不真面目なのか、よく分からんお人の言うことだからなァ）

と、心中で警戒したのだが、父の垂訓《すいくん》はまだ続いていた。

「たとえその恋が実らなくとも、お前ェの心は失恋の苦しみを知って大きく成長するんだよォ」

「ほう、成長ねェ」

おおよそ真面目に話してはいるようだ。

「繰り返すが、酒と恋はよく似てる。当初は極楽だが、後には苦しみが待っている。表と裏、光と影、森羅万象《しんらばんしょう》すべてかくの如し。小太郎よ、人生を知りたければ、酒を飲み、恋をしろ」

と、また土器を呷《あお》った。

「な、なるほど」

（父上の御説の通りなら、私は佳乃殿のことを簡単に諦めない方がいいということになる。どうせ叶わぬ恋だからと、忘れよう忘れようとしていたが、別に、佳乃殿を心中で想うだけなら騒動にはならんし……よし決めた。私は今後、佳乃殿一本で

いくぞ！　たとえ佳乃殿が振り返ってくれなくてもそれはそれだ。惚れた時点で恋は恋なのだからなァ）

と、父に倣《なら》って酒を一気に空けた。

第二章　喧嘩するほど仲がよい

一

寒い時季である。その夜は殊《こと》に冷え込んでいた。生来が寒がりの小太郎は、ぶ厚い丹前を着込み、火鉢《ひばち》を脇に抱え込むようにして、文机《ふづくえ》の前にうずくまっていた。家宰の小栗門太夫から上がってきた先月の出納表《すいとうひょう》を見ながら、大福帳に数字を記入していく。

（辛いところだよなァ）

小太郎の表情が冴えない。

（実入りは変わらんのに、出費ばかりが増える。大体、幾度も出てくる線香代という項目はなんだろうか？）

それも、一分（約一万五千円）、一分と二朱（約二万二千五百円）と記載されており、結構な金額である。

（知り合いの葬式があったとも聞かんが……いずれにせよ、この収支では借財返済に、十七年はおろか二十年はかかるなァ。その時私は、四十過ぎかァ）

と、嘆息を漏らしたその時だ。

「なんだこらァ、やんのかァ」

夜の静寂《しじま》を破って、役者の中村円之助の怒声《どせい》が流れてきた。

「上等だァ、この大根役者がァ」

絵師の歌川偕楽の罵声《ばせい》が応戦する。

円之助と偕楽は、いつも二人で酒を飲んでは喧嘩ばかりしている。仲がいいのか悪いのかよく分からない。

貸家を壊されては敵《かな》わぬので、その都度、大矢父子が仲裁に入ったり、怒鳴りつけたりして喧嘩を収めてきた。ただ、この分ではいずれ刃傷沙汰《にんじょうざた》にも発展しかねない。店子同士の諍《いさか》いで死人や酷い怪我人を出そうものなら、当然、大矢家にもお咎《とが》めがあるだろう。書院番士のお役につくことを願う小太郎としては、店子同士の喧嘩は迷惑この上ない。

（然《さ》は然《さ》りながら、今宵は寒い。ここは父上に任せておこう。日頃から何もせずに遊んで暮らしておられるのだ。店子の喧嘩の仲裁ぐらいは、役に立ってもらわねば困る）

小太郎が寒がりなのに対し、官兵衛は猛烈な暑がりである。

ガラガラガラ。ドンガラガ――ン。

もの凄い音がした。貸家が無事か心配だ。

「ウャ――ッ、シャ――ッ」

（ね、猫まで絡んでおるのか……父上はなにをされてるんだ？　出番だろうに）

「ふざけんな！　殺してやる～」

「上等だァ、刺してみやがれェ」

（刺すって……刃物を抜いたのか？）

「ウャ――――ッ」

「止めろって！　家が壊れる。こら、止めろよ！」

今度は、大矢家で押さえの中間を務める喜衛門《きえもん》の声が流れてきた。中間長屋から仲裁に駆けつけてくれたようだ。これで騒動も収まるだろうと安堵した。押さえの中間とは、中間の筆頭者だ。中間以下の奉公人たちのまとめ役を務める。喜衛門は、大矢家の領地がある下総長屋《しもふさながや》村《むら》農家の三男坊だ。賢く、胆が据わっており、武士である小栗門太夫などより余程頼りになる——はずだったのだが。

ドンガラガーン。ゴロゴロゴロ。

「シャ——ッ、シャ——ッ」

「危ない、危ないって」

騒動は拡大するばかりのようだ。

「ええいッ、糞ッ」

辛抱たまらず、丹前を脱ぎ捨てて飛び上がった。

刀掛けから脇差だけを取り、障子を開き、広縁へと走り出た。美しい十三夜の月が中天に浮かび、凍える夜の庭を青白く照らしていた。見れば、父の部屋の灯りはすでに落ちている。

（あれ、もう寝《やす》まれたのか？　宵っ張りの父上にしては珍しいな）

騒動の現場はすぐに分かった。円之助家の一階座敷だ。灯りが点り、まだ雨戸は閉められておらず、障子に映った影が揺れている。怒号が漏れ、かすかに振動まで伝わってきた。

「こらァ。喧しいぞ。喧嘩を止めよ！」

と、一声吼《ほ》えてから庭に飛び下り、裸足のまま円之助の家へと急いだ。足の裏から真冬の冷気が直《じか》に伝わってくる。

（おい、待てよ。灯りが点る中で暴れているのか？）

走りながら怖くなった。人が暴れて行灯《あんどん》が倒れれば、火事にもなりかねない。

（屋敷内から大火事なんぞ出したら、切腹もんだぞ）

円之助家の縁側から駆けあがり、ガラと障子を開く――そこは、修羅場だった。目を血走らせ、長脇差《ながどす》を抜いた円之助と、一升徳利《いっしょうとっくり》を盾《たて》にして身構える偕楽が対《たい》峙《じ》している。部屋の隅では喜衛門が、円之助に向けて短い木刀を構えていた。八畳と六畳の二間には、食器や根菜の煮物が散乱しており、襖《ふすま》が二つにへし折られている。さらには、飛び込んで来た小太郎を見て、床の間に避難中の三毛猫が「シャーッ」と牙を剝いた。猫も主人偕楽に同道、円之助家での酒宴に参加していたものらしい。

「ああッ、襖を壊したのか！　弁償だァ」

倹約家の小太郎が激怒した。火事の危険があり、白刃がきらめく混乱の中でも、まず些細な物損に着目したところが、なんともいやはや、小太郎らしい。

「喜衛門、行灯を消せ！　火事になるぞ」

「承知ッ」

と、喜衛門が行灯に覆いかぶさり、灯りを吹き消した。瞬間、闇が四人の男を包み込んだ。

「やかましいわい」

闇の中で円之助が吼えた。

「青二才のイカサマ野郎はスっ込んでろい！」

（青二才のイカサマ野郎？　おい、まさか私のことか……ま、私のことだろな）

「無礼者ッ！　御手討にされるぞ」

喜衛門の声が、暴言を吐く円之助を怒鳴りつけた。

今宵は十三夜の月が庭を照らしている。障子も開け放たれており、すぐに夜目が利くようになった。

「おお、上等だァ」

酔眼朦朧《すいがんもうろう》とした円之助がフラフラと揺れながら嘯《うそぶ》いた。

「どうせ俺ァ、今夜この場で死ぬんだからよォ。身分なんぞ知ったこっちゃねェや。おい中間、怪我したくなかったら、手前ェは口を閉じて、大人しくしてな」

円之助は完全に乱心発狂《らんしんはっきょう》の態《てい》だ。泥酔しており、目の焦点《しょうてん》が合わないのか、幾度も頭を振り、瞬きを繰り返している。しかし、どんな酔っ払いが振り回しても、長脇差は長脇差だ。とても危険な得物で、触れれば切れる。突けば刺さる。

（酔っ払いに刃物か。こりゃ、血を見るなァ）

「喜衛門、偕楽、下がってろ。円之助の相手は私がする」

と、役者と絵師の間にズイッと割って入った。

脇差を抜くべきか少し迷ったが、薄暗い中、双方刃物でやり合うと、思わぬ事故が起こりかねない。

（ここは、素手《すで》でいくか）

と、腹を括った。

長脇差を正眼《せいがん》に構える円之助を観察した。

(頭と体が揺れている。これだけ酔えば動きは緩慢だろう。ただ、心の抑制が利かん分、遠慮なしで振り回してくるぞ)

左足を後方に下げ、少し腰を落として身構えた。重心は歩幅の真ん中、前後の足へ均等に体重をかけ、膝を柔らかく保つ。これで前にも後ろにも素早く動ける。右手を前に突き出し、指二本を立てて円之助の喉元をピタリと狙った。素手ながらも、相手に圧をかけるのだ。指先に力を込めた。気圧《けお》された円之助が瞠目《どうもく》し、長脇差を構えたまま少しだけ仰《の》け反《ぞ》った。

「て、て、手前ェら皆殺しだァ。全員斬り殺してから俺も腹を切って死ぬ」

「心配要《い》らん」

虚勢を張って吼える円之助に、小太郎がボソリと囁きかけた。

「中村円之助は、そんな馬鹿じゃない。人殺しなんぞするものか」

「う、五月蠅《うるせ》ェ、このイカサマ野郎がァ!」

「うちの殿様に、イカサマ野郎、イカサマ野郎て言ってんじゃねェや!」

と、喜衛門が激昂した。ま、健全な忠義心の発露ではあろうが「イカサマ野郎」

を連呼されるのには少々閉口した。

「ぶ、ぶ、ぶっ殺してやるぅ～」

（来るぞ。奴が動くと同時に一歩踏み込んでくれる）

「死ねェ」

と、刀が振り下ろされた刹那、前に出て円之助の腋《わき》の下へと潜り込み、長脇差を持つ右手を摑んで己が左肩に背負った。わずかに体を沈めると同時に腰を撥ね上げると、円之助の両足はフッと畳を離れた。

「わあッ」

ドスンッ。

長身の円之助が小太郎の背中で一回転、畳の上へと、仰向けに投げ出された。

間髪を容れず長脇差を奪い取り、円之助の手首を摑み、捻り上げて腕を固めた。

「イテテテテテ」

これにて勝負あり。甲府勤番時代、暇に飽かせて学んだ柳生心眼流小具足《やぎゅうしんがんりゅうこぐそく》取《とり》の術が役に立った。

「で、喧嘩の原因は何ですか？」

小太郎は、並んで正座し畏《かしこ》まる二人に、可能な限り優しい声で質した。

二人の背後では、喜衛門が木刀を手に油断なく見張っている。円之助も偕楽も酔っている。また暴言を吐き暴れるようなら、木刀で制圧する覚悟だ。主従で阿吽《あうん》の呼吸、和戦両様の策である。

「喧嘩の因《もと》は……成山五郎《なるやまごろう》でして」

偕楽が答えた。

「な、成山五郎？」

「はい。中村座《なかむらざ》の演目『束《つか》の間《ま》』に出てくるお武家の役名にございます」

「ふん、とんだ端役《はやく》なんですわ」

横から、円之助が話を引き取った。薄ら笑いを浮かべ、自嘲気味に話し出す。

「昔は主人公を演じてたものだ。それが仇役になり、ついには仇役の子分にまでなり下がった。今回成山五郎をやらねェかって言われて、思わず『ふざけるな』って啖呵《たんか》を切っちまったんです」

「それで手前が『もったいねェ』って呟いたら、こいつが暴れ出したんですよ」

「そら喧嘩になるでしょ？　端役を振られて断ったら『もったいねェ』って。俺のことをなんだと思ってやがるんだ？　そら怒るでしょ？」

なるほど。全体像が見えてきた。

二

翌朝、小太郎は官兵衛の居室を訪れ、昨夜の顛末を報告した。

「相性が悪いんだろうかなァ」

官兵衛が、横からしな垂れかかっている於金の肩を抱きながら言った。於金は小太郎を睨みながら、官兵衛の太腿辺りに手を伸ばし、思わせぶりに擦《さす》っている。

（ド淫乱の阿婆擦れが……ここは旗本屋敷だぞ。まるでゴロツキの情婦気取りじゃないか。場所柄を弁えろ）

小太郎は心中で舌打ちした。

ここしばらく、於金は連日大矢家を訪れている。朝早く町駕籠で来て、夕餉《ゆうげ》を食べて帰るのだ。まさに入り浸り状態。

「そんなに合わない相手なら、一緒に飲まなきゃいいと思うんだがなァ」

「兵庫屋《ひょうごや》円之助でしょ、アタシ、よく知ってるよ」

於金が、小太郎に見せつけるように、官兵衛の肩に頭を持たせかけ、片手で茶菓子として出されたキンツバを頬張った。

（なんでキンツバが出てるのか。贅沢品《ぜいたくひん》ではないか。どうせまた、父上が見栄を張り、女中にでも買いにやらせたのだろう。困ったお方だ）

於金は芝居の世界に詳しい。官兵衛との出会いも芝居小屋だったと聞く。円之助の屋号は兵庫屋、名跡が中村円之助であるそうな。血筋もいいし、見映えもするが、年齢を重ねるうちに「今一つ演技が迫力に欠ける」ようになったという。

「背が高いから女形はできないし、だからって立ち役には迫力不足なのよ。成山五郎役なら、分相応なんじゃないの？」

「分相応とか、そういう言い方は止めてくれ。成山五郎役を腐すのではなく、むしろ、円之助がそれを演じる意義を語るべきだ」

「ふん、どこまでいっても端役は端役だから」

と、また於金がキンツバを頬張った。

若い頃の円之助は荒事《あらごと》の主役を張るほどの名優だったが、現在は先輩を嘲笑する生意気な若手の台頭に押され、端役に甘んじている。

「盛りの過ぎた役者と売れない絵師。つまり、他に飲む仲間がいないんじゃないのォ？　小太郎ちゃん、アンタと一緒ね、アハハハハ」

「貴女に私の何が分かるというのか？」

（ただ、偕楽本人も「朋輩がいない」と愚痴っていたな。本当に、飲む相手がいないのかも知れない。猫は酒が飲めんしなァ。油なら嘗めるだろうがなァ）

――嘗めない。油を嘗めるのは化け猫だけ。

倅の前で朝から乳繰《ちちく》り合う父と下品に片手で物を食べる於金に閉口しつつも、小太郎は於金の説に心中では同意していた。

（酒の相性が悪いなら、二人で飲むことを禁じればいいだけだ。そこは家主の権限で命じればなんとかなるだろう）

「どこ見てんのよォ」

思考を遮られて見れば、於金がキンツバを食べ止め、小太郎を睨んでいる。

「ん？」

「アタシの体を見てたでしょ。腰の辺りを、いやらしい目つきで」

「み、み、見てない！」

頭に血が上った。濡れ衣も甚《はなは》だしい。

「絶対に見てた。嘗め回すように見てたァ」

「おいおいおいおい、小太郎さん、駄目だよォ。於金ちゃんはオイラといい仲なんだからさァ。父親の相手を、いやらしい目で見るなんて人として最低だよォ。それじゃ、獣と一緒だよォ」

「父上、誤解です」

「誤解じゃないよ。アタシ分かるもん。初めて会ったときから気づいてた。アンタ、ムッツリスケベでしょ」

「断じてムッツリスケベではないッ！」

大声を張り上げてから後悔した。間が悪く、丁度茶を替えにきた女中のお鶴が、手を止め、驚いた様子で小太郎の顔を見たのだ。己が家の座敷で「ムッツリスケベではない！」と叫んで激高する主人――面目が丸潰れだ。お鶴は用事を済ませると、そそくさと広縁を歩み去った。厨《くりや》にもどったお鶴は、もう一人いる女中のお熊《くま》に話すだろう。お熊はいつも気の合う喜衛門に話す。喜衛門は門太夫に相談し、かくて小太郎の醜態《しゅうたい》は、半日ほどで奉公人全員の知るところとなるはずだ。

（もういい。どうせ面目は潰れたんだ）

小太郎、半分自棄《やけ》になっている。

（こうなったら仕返しだ。於金の馬鹿を徹底的に痛めつけてやる）

「父上、出鱈目に乗せられてはなりません。そもそも、こんなブクブクに太った南瓜《かぼ》瓜女《ちゃおんな》の体になど、私はまったく興味が湧《わ》きませんから」

「あぁッ。アタシのこと南瓜って言ったァ」

と、小太郎を指さして喚きだした。

「お父《と》っつぁんに言いつけてやる。八百両、今日中に返すように言ってもらう」

「ば〜か、六百両だよ、南瓜がァ！」

もう完全にブチ切れている。いつもの小太郎ではない。や、むしろ、こちらの方が彼の本質なのかも知れないが。

「こ、こら小太郎、於金ちゃんに謝りなさい」

倅と若い交際相手の諍いに、オロオロするばかりの官兵衛。

「でも父上、南瓜に謝ったって言葉が通じないでしょ？」

「そらそうだろうが、兎に角、謝りなさい」

「ああッ、官ちゃんまで遠回しにアタシのこと南瓜って言ってる！」

「南瓜だなんて言ってないから」

「ハハハ、口には出さずとも、心で思ってるってこともございますよねェ」

「キ――――ッ」

と、手に持っていた食いかけのキンツバを、小太郎の顔を目がけて投げつけた。

「わッ」

瞬間、小太郎の周囲の景色がゆっくりと流れはじめた。憎しみに燃えた於金の目。

大きく開かれた官兵衛の口。

於金の指先をはなれたキンツバが小太郎をめがけて飛んでくる。

(私は三河以来の直参旗本家の当主だ。それが今、妾腹の町娘からキンツバを投げられている。こんなものが顔に命中したら恥だ。御先祖様に……)

バチッ
「あたッ」

首を振って避けたのだが、近距離だったこともあって避けきれず、左の眉辺りに命中してしまった。

「喧嘩するほど仲がいい、ともゆうわな」

官兵衛は、睨み合う小太郎と於金におずおずと仲裁を試みた。

「アタシ、コイツとは未来永劫仲良くなれない。絶対無理」

「よかった。お前なんかに好かれたら、魘《うな》されて寝覚めが悪くなるわ」

「あら、小太郎のお殿様？」

於金が気取った声で、急に「お殿様呼ばわり」を始めた。小太郎は警戒した。

「左の眉毛に、まだ餡子《あんこ》が付いてますわよ。みっともないですわよ」

取り澄ました声が、小太郎の癇《かん》に障《さわ》った。

「誰が投げたんだ？　やい南瓜、食べ物を粗末にすると罰が当たるぞ」

懐紙で眉を拭いながら、忌々しげに小太郎が毒づいた。

「ハハハ、互いに仲良く、仲良く。穏やかに、穏やかに」

渾身《こんしん》の作り笑いで、官兵衛が双方をなだめにかかる。

「家族で喧嘩するより、話を本題に戻そうよ」

「アタシ、まだ家族じゃないもん」

「そんなこと言うなよ。将来の家族じゃないか。可愛いぞ、於金ちゃん」

「もう……官ちゃん、口が上手《うま》いんだからァ」

（南瓜、南瓜、南瓜、南瓜）

と、小太郎が心中で毒づいた。

「そもそも本題って、なんだっけか？」

於金が小首を傾げた。

「父上は昨夜、宵の口から御不在でしたが、あれはどこへ行かれてたのですか？」

「どこへ行ってたの⁉」

於金が官兵衛を睨んだ。

「どうやったら『円之助と偕楽を揉めさせないようにできるか』が本題だったじゃねェか」

と、官兵衛が慌てて話を逸らした。どうやら於金には言えない悪所に出かけていたようだ。

「あ、そっか。そうだねェ官ちゃん、頭いい」

於金が満面の笑みで頷いた。官兵衛に向ける恵比須顔《えびすがお》と、小太郎に向ける般若顔《はんにゃがお》の落差が大きすぎる。

「酔ってなければ、普段の生活で揉めてるわけではないですからね」

小太郎が会話に割って入った。

「そうだよ。奴ら二人きりでさえなければ、たとえ飲んでも揉めるこたァねェのよ」

以前、大矢父子と円之助と偕楽で飲んだことがある。その折に喧嘩する様子はなかった。基本、二人とも朗《ほが》らかでいい酒なのだ。

「今後は『二人きりでは飲むな』と厳命することにします」

「言うことをきくかな？」

「きかせます。一筆とります。破約すれば貸家から退去してもらいます」

「ただ、一人酒は寂しいだろ。だからこそ孤独な二人がつるんで飲むわけだしな」

「では、父上が一緒に飲まれては如何です？　どうせ毎晩晩酌《ばんしゃく》されるのですから、円之助と偕楽を交代で御相伴《おしょうばん》させるんです」

「え～ッ。どちらかと言えばオイラは、小太郎と飲む方が幸せだなァ」

それを聞いた於金が柳眉《りゅうび》を逆立《さかだ》てた。強い視線に気づいた官兵衛が、慌てて於金に顔を向けた。

「そんな怖《こえ》ェ目で睨むなよォ。一応は父子なんだから、仲良くしてなにが悪いんだよォ」

「別に悪かないけどさ」

不貞腐れたような、拗《す》ねたような表情で、官兵衛を睨んだ。

「言っとくけどアタシ、小太郎ちゃんのこと大っ嫌いだからね」

(阿呆ォ。私の方がもっとお前を嫌ってるわ)

「ま、人はそれぞれだからなァ。ただ、それとこれとは別の話じゃねェか。勿論、オイラには於金ちゃんが一番さ。小太郎が二番」

(参ったなァ。私は、南瓜の次席か)

少ししょげた。

「本当？　コイツよりアタシが上？」

「ああ、そうだとも」

「本当に、本当に、本当？」

「勿論だとも」

「嬉しい！」

と、二十四も歳の離れた男と女が抱き合った。呆れた息子が天井を仰ぎ見た。

「私は二番でも三番でも構いませんが、円之助と偕楽の酒の相手、父上、一つお願いしますよ」

「オイラが？　きちゃねェ親父と飲むの？」

（アンタも相当、きちゃない親父だろうが）

「嫌だなァ」

「そう仰らず」

「ならよォ。せめて酒の肴は張り込んどくれよ。肉とか魚とか、卵を食わせて欲しい。それが円之助と偕楽と飲む条件だ」

「駄目です。我が家の肴は、沢庵と根菜の煮物と決まっております。肉や魚は贅沢です。貪りです」

「ふん、貧乏旗本……」

於金が顔を背けて嘲笑《あざわら》った。

「於金殿、貧乏は恥ではない。貧乏を嘆き、金持ちを羨む心が恥なのだ」

「でも、美味しいものは食べたいよね」

「だよなァ」

「父上は節約の観念が薄い。最近は、一分だ二分だと小遣いを使われておられるようですが、そもそもあの線香代とは……」

「分かった」

と、官兵衛が小太郎の言葉を遮った。

「後はオイラに任せとけ。オイラが円之助や偕楽の相手をする。未来永劫あの二人を揉めさせせねェ」

「肴は沢庵と根菜ですよ」

「オイラも江戸っ子だァ。それで我慢するよ。一肌脱ぐよォ」

「官ちゃん、漢《おとこ》らしい！」

と、於金がしな垂れかかった。

（急にどうされた？　線香代の話を持ち出すと同時に軟化されたが……線香代に、

なにか秘密でもあるのかな？）
あるに決まっている。ないわけがない。ただ、円之助と偕楽の酒の相手を、官兵衛に押し付けられたことだけはよかった。懸案が一つ減った。

同じ日の午後、小太郎は偕楽を円之助の家へと呼び出し、三人で今後のことを話し合うことにした。本来ならば、母屋に二人を呼びつけるべきところではあるが、実際に破壊された貸家の建具などを前に交渉した方が、「話が早かろう」と判断したのだ。

「御旗本な上に、家主でもあられる小太郎様に暴言を吐きまして、面目次第もございません」

「本当に、申しわけございません」

円之助と偕楽が並んで平伏した。円之助の右袖から晒布《さらし》が覗いている。昨夜小太郎に「右腕をきめられた」ときに肘を痛めたらしい。長谷川洪庵に手当してもらったそうな。黄檗《キハダ》を乾燥させ、粉末にしたものを胡麻油でよく練って油紙に塗り、肘に張って晒布で巻き固めた。今でいう冷湿布であろう。洪庵は蘭方医だが、症状に応じて漢方や生薬も適宜使用する。その柔軟性が好ましい。小太郎は洪庵を（人としては兎も角）医師として信頼し、尊敬している。

「まず、壊れた備品は、襖が一枚ということでよいですか？」

「はい、二人で弁償致します。お陰様で、中間の方が行灯の炎を吹き消して下さいましたので、火事にならずに済みました」

（こうして素面《しらふ》のときは、まともに話が通じる男たちなのになァ。酒は魔物であるなァ）

ちなみに、壊れた襖は、高くもなく安くもない中級品であった。修理は最早不可能で、新品を購入することになる。三朱（約一万一千余円）ほどかかるそうだ。

「え〜と、それにもう一つ」

小太郎は本題に入ることにした。

「父と相談したのですが、もし御両所がこのまま、この貸家に住まわれるおつもりなら、お二人には念書を入れて頂きたい」

「念書？」

「どのような？」

「偕楽殿には、今後は一切『円之助殿と二人きりで酒を飲むことはしない』と、円之助殿にも同様の文面を認《したた》めて頂きます。違背したる場合には『一ヶ月《ひとつき》以内に大矢家の屋敷から退去する』との一文も書き添えて頂きたい」

「手前どもが二人きりで飲むと『揉めるから』とゆうことでございましょうね？」

偕楽が諦め顔で訊いた。

「その通りです。火事を出したり、刃傷沙汰となれば、家主である私も責を負わねばなりません。そこまでいかずとも、家が傷むのは、やはり困ります」

「よく分かります。手前は一筆入れさせて頂きます」

「手前も、念書を書かせて頂きます」

と、二人並んで頭《こうべ》を垂れた。弁償と念書、これで一応の用件は済んだ。

「で、成沢五郎役はどうなりました？」

「成山五郎です」

慌てて偕楽が訂正した。

「あ、成山五郎、成山五郎ね。成山五郎っと！」

二度と忘れぬように三度繰り返した。役名を間違えたりしては、さらに円之助が役を受け難くなってしまいそうだ。

「や、ま、あの役は……へへへ」

（へへへか……やっぱり、やらんのだろうな）

小太郎、少し落胆した。

三

「ざ、暫時《ざんじ》、待たれよ……」

小太郎は、長々と続いた長谷川洪庵の母の長広舌《ちょうこうぜつ》を、やっとの思いで押し止めた。

「なにか、御不明な点でも？」

明らかにまだまだ話し足りない風情で、洪庵の母が小太郎に向き直った。幾分、ハアハアと息が乱れて肩が上下している。話を一気にまくしたてたので、息を吸うのを忘れていたようだ。

「や、話はよく分かりました。つまり、佳乃殿の家を覗く不埒者《ふらちもの》がいるということですな？」

「ですから、幾度も申しました通り……」

老婆の長広舌が再開され、止めどもなく続いた。小太郎は観念した。

（こりゃ、相手が悪い）

老婆が満足して話し終えるまで、頷きながら待つしかあるまい。

相模屋藤六は一家を構える貸元だ。代貸の源治以下、十人前後の子分衆を抱えている。藤六を含めて全員が独り身で、若い子分たちは誰もがやんちゃなゴロツキどもだ。三軒隣に妙齢の美人が独り住まいをしていて、それを放っておくはずがない。色目は使う、卑猥《ひわい》な言葉をかける。挙句には風呂まで覗くという。もうやりたい放題だ。今は真冬だからまだいいが、夏の時季には、いくら暑くても障子や板戸を閉めたままでの生活を余儀なくされ、佳乃はとても困ったらしい。

「では、もう覗きは半年も続いていると？」

「そうなのでございますよ。佳乃様はあの通り控えめな方だから、ジッと辛抱されていたみたいで」

「それはいかん。不憫《ふびん》なことをしましたな」

「そこで婆《わたくし》が、佳乃様の家のお風呂をお借りして入ってみたのでございますよ。この寒い時季に、わざわざ半蔀戸《はじとみ》を大きく開けてね」

「囮《おとり》ですな?」

「そうそうそう」

「それで?」

「もうポチャンと湯の音がしたと同時に、男の頭がニュッと窓から覗いたのでございます」

「それで、どうされました」

興味津々、小太郎が身を乗り出した。

「『不埒者ッ!』と一喝《いっかつ》し、熱い湯をひっかけてやりましたわ、ホホホホ」

「それはお手柄でしたね」

「ホホホホホホ」

家主から褒められた老婆が、嬉しそうに頬を染めた。女同士で話し合って「女の敵」に対処しているらしい。

「ただ、婆もそうそうには、佳乃様の家に入り浸るわけにも参りません。そこでお殿様に、対策を講じて頂きたく、本日はこうして罷《まか》りこしました次第」

と、平伏した。

「分かりました。善処しましょう」

「善処？　具体的には、どのような？」

「どのような、と言われても困るな」

当惑したが、ま、有りがちな相談ではある。このくらい、テキパキと処理できねば家主失格であろう。しばらく考えてから口を開いた。

「まずは相模屋藤六に談判すべきでしょう。子分衆を率い、指図をしているのは彼なのですからね。で、お道《みち》殿……」

洪庵の母の名はお道という。

「その半蔀の窓から覗いた男というのは、確かに相模屋の身内だったのですね？」

「それはもう、間違いございません」

「誰でした？」

「さあ、誰でしょう？」

「顔は見ていない？」

「見てはいませんけど。多分、相模屋さんとこの若い衆ですよ」

「多分では、困るな」

藤六は「それがうちの子分だって確かな証でもあるんですかい？」と開き直るに決まっている。

「だって暗かったし、怖かったですし」

「なるほど、よく分かります」

顔を見ていないことについて「自分が責められている」とでも思ったか、老婆が目を剝いたので、小太郎は慌ててなだめた。

「で、男の頭がニュッと窓から覗いたと仰いましたが、男であることは間違いないのですね？」

「はい、それはもう相違ございません」

「なぜ分かります？　顔は見ていないのでしょ？」

「それは『熱《あち》ィ』と悲鳴を上げたからです。男の声でした。誰の声とまでは分かりませんが、確かに男の声でございました」

なるほど。大体のことは分かった。

「大変参考になりました。なにしろ善処しますので、しばらくお時間を下さい。店子を守るのは家主の責任でもありますからね」

「そう仰って頂けると心強うございます」

と、再び老婆が平伏した。


「無駄じゃねェのか？」

お道が帰った後、官兵衛の居室に赴いて経緯を報告したのだが、どうも父は乗り気でないようだ。

「お前ェも言う通り、証《とぼ》がねェんだったら、どうせ相模屋の野郎は『うちの子分の仕業じゃねェ』と素っ惚けるだけだぜ」

「確かに。ただ、家主が五月蠅く文句を言っておけば、罪を認めることはなくとも、一応相模屋は気に掛けるでしょう。子分衆に自重するよう促すと思います。しばらく被害が出なくなれば、佳乃殿も一息つけましょうし、その間に私の方で抜本的な対策を講じます」

「どんな対策だい？」

「それはまだ、考えてないけど」

「へへへ、いい方法があるぜェ」

と、官兵衛が下卑た笑顔を見せ、指先で顎を撫でさすった。この手の表情をするときは「手前勝手なろくでもない策」を思い描いていることが多い。

「なんです？」

期待しないで、素っ気なく訊いてみた。

「オイラがさ。用心棒として佳乃殿の家に住み込むってのはどうかね？　へへへ」

（やっぱり、その程度のことだろうさ）

「どうだ、妙案だろうが？」

と、やる気満々で身を乗り出してきた。

「でもそれ、豊後守様に知れたら、父上、殺されますよ」

「ああッ」

と、仰け反って、己が月代をペチンと叩いた。

「そ、そうか。そこまでは知恵が及ばなんだなァ」

「さらに於金殿にバレても、父上、ただじゃ済まないのでは？」

「ううッ」

と、今度は俯いて蟀谷《こめかみ》を手で押さえた。

「駄目だァ。最初は上手くいくと思ったんだけどなァ」

（大丈夫か、このお人は）

と、心中で嘆息を漏らしたところで、ふと思い当たった。

「相模屋に捻じ込む前に、一度私が、佳乃殿に会ってみます」

「いいのかい？」

俯いていた官兵衛が顔を上げ、皮肉な笑顔を向けた。

「お前ェはイカサマ博打野郎という正体がバレて以来、佳乃殿から蛇蝎《だかつ》のように嫌われてるんじゃねェのかい？」

「あのね、好き嫌いは関係ありませんよ」

甲府では「賽子太郎」なぞと二つ名《ふたな》で呼ばれた小太郎が、殴りかかりたい衝動を抑えつけながら官兵衛を睨んだ。

「これは仕事なのですから」

「そらそうだけどさ。一昨日の『ムッツリスケベ』の件な。奉公人たちは勿論、貸家の連中にも知れ渡ってしまったらしいから、へへへ」

「な……」

眩暈《めまい》がし、耳の奥がジンジンと鳴り始めた。

「でも、どうして貸家にまで？　もし奉公人たちが喋ったのだとしたら、不忠の極みですぞ！」

「違う違う。奉公人じゃねェ。於金坊だよ。於金ちゃんが触れ回ったらしいわ」

「ひ、酷いッ」

「酷いって、お前ェそれは可笑しいぞ。お前ェは於金と喧嘩上等でやり合って南瓜呼ばわりまでしたんだろ？　女と喧嘩して、相手が信義を守ると思ったら甘《あめ》ェわ。なんでも言われるよ。その覚悟がねェんだったら女と揉めるな」

「う……」

悔しいが、反論できない。合戦をし、首を獲られて「酷い！」と憤っているようなものだ。

「い、今から佳乃殿に会ってきます」

と、観念して立ち上がった。

「ああ、行ってこ……はァ、はァ、はァ、はァくしょんッ！　糞食《くそは》めェ！」

官兵衛が大きなクシャミをした。

「お風邪《かぜ》を召されましたか？」

「なに、クシャミ三回までは風邪じゃねェ。四回目からが本物の風邪だァ」

古《いにしえ》より「一そしり、二笑われ、三惚れ、四風邪」とか言ったものだ。ちなみに、官兵衛が最後に叫んだ「糞食め」は、風邪の邪鬼を追い払う呪《まじな》いである。

「済まねェが、お鶴に生姜湯《しょうがゆ》を持って来るよう言いつけてくれ」

確かに、生姜湯を飲めば体がポカポカと温まる。

「承知しました」

「頼んだぜェ」

そう小太郎に命じた後、官兵衛は横を向き、脇息にもたれて絵草紙《えぞうし》をめくり始めた。佳乃の風呂が覗かれた一件など、すでに興味を失くしてしまったようだ。

四

（私が幼い頃から、父上は『ああいうお方』だったからなァ）

広縁から下りて庭を横切り、佳乃の家へと歩きながら考えた。

官兵衛にとって、自分の得になること、面白いと感じられること以外のすべては、単なる面倒事《めんどうごと》なのだ。小太郎の母が生きている頃は妻に、妻が死んでからは奉公人たちに、小太郎が成長して以降は倅に、任せ、押し付け、寄り掛かってきた。

「面倒事なんぞ抱え込んでみろよ、すぐに老け込んじまうぜ。奔放？　手前勝手？　だから何だい？　上等じゃねェか、ガハハハ」

と、黙って繕い物をする母に、偉そうにうそぶく姿を今も鮮明に覚えている。

(母上はどうして、あんな夫に我慢しておられたのだろうか)

飲む打つ買うの三拍子を揃えた官兵衛である。妻として不満は多かっただろうに、小太郎は母が父へ愚痴を言う姿を見たことがない。父のいない場所でもそうだ。無口な女性で、よく働き、舅、姑、夫に仕え、小太郎を大事に育ててくれた。あまり笑わない女性でもあった。

(母上の笑顔が見たくて、なにか面白い冗談を言おうとするのだが、出てこない。己が人としての退屈さ、抽斗《ひきだし》の無さに辟易したものさ)

優秀だし生真面目だが、面白味の無い少年だった小太郎である。今も、なに一つ変わらない。

　母の思い出に浸る間に、佳乃の家の前まで来てしまった。

　イカサマ賭博師であった過去に加え、今回は「ムッツリスケベ」との噂まで流されている。正直、仄《ほの》かな想いを寄せる佳乃に会うのは辛い。

（仕方ない。これが私の仕事だからな）

　若い男が――しかも、ムッツリスケベの噂のある男が――女の独り住まいを訪問するのだ。玄関で訪いを入れることはせず、むしろ見通しの良い、庭に面した縁側から声をかける方が無難だろう。

「御免、母屋の……ん？」

　強い視線に気づき見回すと、庭に植えられた山茶花の下に、三毛猫が座っており、小太郎を睨みつけている。小太郎は足を止めた。

「シャ――ッ」

　耳を伏せ、牙を剝いて威嚇する。実に恐い顔だ。

「言っておくが、私の方は、お前に遺恨《いこん》などないのだぞ」

　猫と真顔で談判しているのを、余人に聞かれると恥ずかしい。可能な限り、小声で話しかけた。

「できれば仲良くしたい」

「シャ――ッ」

「そう気色《けしき》ばむな」

小太郎は猫をたしなめた。

「私は確かにお前の飼い主を殴った。ただ、前後の経緯はお前も見ていたであろう。いやしくも直参旗本を二度も『アンタ』呼ばわりしたのだ。『今度アンタと呼んだら殴る』と警告もした。それでも『アンタ』だ。そりゃ殴るだろ？　私を恨むのは筋違いというもので……ああッ！」

「な、なにか？」

佳乃は、厨房《ちゅうぼう》で洗い物でもしていたのか、前掛けを外しながら現れ、廊下に膝を突き会釈した。

（今の件《くだり》、聞かれたかな。でも、今来たところだったし……やっぱり聞かれたよなァ。嫌だなァ）

イカサマ賭博師、ムッツリスケベに加えて、店子を殴る短気で粗暴な男と思われてはたまらない。や、たまらないも糞も、殴ったのは事実なのだが――

（とりあえず、用件だけ済ませてサッサと帰ろう。もうこの女子とは今生での縁はないのだ。気に病むことはない。私が一方的に想っておればそれでいい。片想いでも恋は恋なのだからな）

「長谷川家のお道殿から色々と伺いました。お困りのようですね」

と、家主の仕事を始めた。

「ああ、そのこと……」

少し躊躇《ためら》う様子も見えたが、やがて――

「どうぞ、お上がり下さいまし」

と、座敷を指した。庭先ですべき話ではないと判断したようだ。

「宜しいのですか？」

佳乃がコクリと頷いたので、そのまま縁側から上がり込んだ。

佳乃の家に入るのは初めてのことである。座敷に生活感は一切見えない。床の間には模写であろう雪舟の水墨画がかけられ、その前に、質素な山茶花の一輪挿しが飾ってあるのみだ。他はガランとしている。絵師の偕楽同様、二階の二間を生活の場として使っているらしい。

座敷の上座に座り、佳乃と対座した。

「若い女性には言い難い話であることは重々承知しております。だからこそ、お道殿に母屋への橋渡しを頼まれたのでしょう。ただ、事が事でもあり、やはり御当人である貴女のお気持ちを確かめたかったのです」

「よく、分かります」

「私は相模屋藤六殿に、子分衆の管理を厳しくするよう、貴女に対する不躾《ぶしつけ》な振舞いを止めるよう、厳しく申し入れるつもりです」

「有難く存じます」

「で、確認したいのですが、佳乃殿は、相模屋殿に対し謝罪や償いを求められますか？　それとも不躾な振舞いが止めば、それでよいですか？」

「そういうことさえなくなれば、もうそれで十分にございまする」

「分かりました。もう一点だけ。下手人は……その、覗きなどの相手は特定できますか？」

佳乃は黙って頭《かぶり》を振った。

「ではなぜ、相模屋の子分衆の仕業だと思われるのですか？」

「昼間、私《わたくし》が庭などに出ますと、皆様、こちらを見てニヤニヤと。とても、気味が悪いです」

「家に入ってきたことは？」

「それはないです」

「声をかけられたことは？」

「幾度か。勿論、生返事だけして家に逃げ込みました」

「なるほど」

（覗きは、相模屋の連中にほぼ間違いなかろうが、証はないということだ。そして、この手の不埒は、早い内に手を打たねば、後々偉い事件にも発展しかねん。悪い芽は早めに摘んでおかねばな）

一瞬、佳乃が荒々しいゴロツキ数名に囲まれ、押し倒される図が脳裏を過り、小太郎は身震いした。

「あの」

「はい？」

「このことを豊後守様にはお話しになっていますか？」

「まさか」

佳乃は大きく目を見開いて、顔の前で手を振った。

「あの方、相模屋さんを皆殺しにしかね……え、あの」

麗人の口から「皆殺し」なぞという不穏当な言葉が出た。彼女自身、それを恥じて赤面し、俯いてしまった。その仕草がとても可憐だ。

（か、可愛い）

ムッツリスケベとの噂が広まっている小太郎、思わず唾をゴクリと飲み込んだ。

ちなみに、昨今の幕府は奢侈《しゃし》禁止《きんし》と質素倹約を旨とする大改革を断行中である。自然、豊後守が佳乃家を訪れる機会も激減していた。言い出しっぺが、そうそう妾の家を訪れて脂下《やにさ》がるのもばつが悪いようだ。応接側の小太郎としたら手間が減って助かるのだが、佳乃は寂しかろう。

「確かに豊後守様には、しばらく黙っておられた方がよいかも知れませんね」

「はい」

佳乃がコクリと頷いた。その様子が——また、いい。

「ニャ」

三毛猫だ。縁側から上がり込み、こちらへトコトコと歩いてくる。勝手知ったる他人の家の風情だ。レイは母屋にも出入りし、父の膝に乗っていた。大方、大矢邸全体を縄張りとし、あちこちの家を回っては、食べ物を強請《ねだ》っているのだろう。猫は、小太郎を無視して佳乃の膝に乗り、蹲《うずくま》った。

「偕楽殿の猫ですね？」

「はい、時おり遊びに来てくれます。癒されます」

と、猫の背中を撫でている。三毛猫を抱く美女の図——歌川国芳《うたがわくによし》の浮世絵を思い浮かべた。ただ、女も猫も小太郎には関心がないようだ。

「話は以上です。では、私はこれで」

と、立ち上がると、猫が佳乃の膝から牙を剝いた。

「シャ————ッ」

「大丈夫よ」

と、猫に一声かけて落ち着かせてから、小太郎を見上げて微笑んだ。猫に癒されたのか、最前の緊張した面持ちとは違った柔和な笑顔だ。初めて見る心和むような表情だ。

(豊後守様の前ではいつも、こんな穏やかな笑顔を見せているのだろうな。激務の筆頭老中が夜な夜な通い、癒されたいと思うのも宜《むべ》なる哉《かな》……)

ふと於金のことを思い出した。

(父上に甘える顔と、私に難癖をつけるときの顔もまた別人だァ。女子というものは、相手への気分がもろに顔に出るからなァ)

「猫に悪意はございません。今、急に立ち上がられたから驚いたのですよ」

「私は、そいつから大層嫌われていますから」

「あら、なぜですの?」

「さあ、反りが合わんのでしょう」

「存じておりますよ。偕楽様を叩いたからでしょ?」

からかうような、いたずらっぽい微笑が浮かんだ。

「はい、ま、そうです」

(やはり、猫に話しかけたのを聞かれていたようだな)

「猫は、人の本質を見抜くと申します」

佳乃の顔から微笑が消え、小太郎を真っ直ぐに見つめている。

（粗暴な上に、イカサマ賭博をやり、その本性はムッツリスケべ。佳乃殿には私が何者に見えているのかなァ。最低の男だと思っておいでなのだろうなァ。いずれにせよ、その過半は誤解に基づいているわけだし、そもそも大きなお世話だ）

小太郎も睨み返し、二人はしばらく無言で見つめ合っていた。猫は佳乃の膝から下り、何処かへと姿を消した。

「私がイカサマ博打に手を染めたのも、偕楽殿を殴ったのにも、それ相応の訳があったのです。一方的に非難されても困る」

「非難などしておりません」

「でも、私のこと軽蔑しておられるでしょ」

「イカサマであろうがなかろうが、博打から足を洗って頂きたい。只々《ただただ》、そのことばかりを祈っておりまする」

と、深々と頭を垂れた。

「ご、御免」

会釈だけして、縁側から逃げるように退出した。

「でも小太郎様、うちの子分どもが佳乃様のお風呂を覗いたって証はねェんでござんしょ?」

「そういうと思ってたよ」

五

翌朝、小太郎は相模屋藤六が入居している一番左端の貸家を訪れた。

一階八畳に長火鉢《ながひばち》を置き、親分である藤六が居室として使っている。昼は、ここが客間にもなるらしい。残りの一階六畳と二階の八畳二間に、源治以下十一人の子分衆が寝起きしている。ゴロツキの塒がどんなに汚されているかと心配だったが、意外に綺麗に使ってあり安堵した。子分の中の新参者に「修業」と称して毎日掃除をさせるらしい。

小太郎は長火鉢の前に端座《たんざ》して、親分の藤六と対面していた。藤六の後方には、例によって代貸の源治が控えている。

「ただ、ここには若く元気な単身者《ひとりもの》が十人も暮らしてるんだ。そりゃ、親分のところが疑われるのは仕方のないことだと思うぞ」

「お言葉ですが、若い単身者というなら、堀田敷島斎先生も長谷川洪庵先生もそうですわなァ」

「そうだな」

しかも、あの二人は佳乃に想いを寄せている。佳乃もお道も、犯人の顔を見ていない以上、敷島斎と洪庵も潔白と断ずるわけにはいくまい。いくら頭脳明晰《ずのうめいせき》な彼らでも、下半身は別人格だろうから。

「そう言えば、お殿様も若い単身者でござんすねェ、エヘへへ」

後方から源治が嘴《くちばし》を入れてきた。

「これこれ源治、お殿様に御無礼をいうもんじゃねェよ。本当のことだからって、口に出しちゃいけねェよォ」

「エヘへへ。こりゃ、御無礼致しやしたァ、色々な噂を耳に致しますもので、エヘへ」

「源治よ、そのお殿様の『色々な噂』ってのはなんだい？」

白々しく、藤六が訊いた。

「なんでも、ムッツリなんとか……ま、噂ですから、へへへへ」

（ゴロツキどもが……父上の申される通り、こいつらは斬るしかないのかなァ）

「私は覗いていない。除外してもらって結構だ」

憮然と答えた。

「勿論でございますとも、ゲヘへへ」

肥満した貸元が長火鉢の上で平伏してみせた。

「ま、お前の身内が覗いたと決めつけることはしないが、藤六、お前も相模屋を束ねる身だ。子分衆に気をつけるよう、厳しく言っておいてくれ」

「気をつけるとは……なにを？」

と、半笑いで惚けてみせた。

「李下《りか》に冠《かんむり》、瓜田《かでん》に履《くつ》だよ」

怒りを抑え、呻くように返した。

「りかにかんむり？　かでんにくつ？」

藤六が首を傾げ、背後の源治に振り向いた。本当に意味を知らないようだ。

「変な目で見られねェように、子分たちに念を押しとけって意味ですわ」

一の子分が助言した。

「ああ、はいはい……へいッ。必ず」

と、また長火鉢上で、形だけ頭を下げた。

（完全に私のことを嘗め切っておるなァ。佳乃殿の手前、このまま帰るわけには参らんか）

「藤六？」

「へいッ」

「私がこうして、お前に下手《したて》に出てるのは、外聞を気にしておるからだ」

藤六を睨みつけ、やや声を落とした。

「ただ、旗本の中には追い詰められて、外聞などどうでもよくなる者も多い。私がもしそうなったら、どうすると思う？」

「さ、さあ」

少し怯えている。

「佳乃殿のもとへと熱心に通われている旦那は、幕府のお偉いさんだァ。私が一言『佳乃殿の風呂を相模屋一味が覗いて困る』と耳打ちしたらどうなると思う？」

「そんな、証もねェのに」

「奉行所に目をつけられるぞ。石の三つも抱かされて、それでもお前、証がどうとか言えるのか？」

石——牢問（軽い拷問）用の石板のことを指す。一枚の重量が十三貫（約五十キロ）あった。拷問にかけられる者は、算盤《そろばん》板と呼ばれる三角に突起した簀子《すのこ》の上に正座させられる。もうこの段階で相当痛い。さらには、柱に縛られて身動きを封じられた後、太腿に石板を順次載せられていくのだ。三枚、四枚と載せられる前に、大抵の者は（あることないこと）なんでもペラペラと自白したという。

「あ、阿漕な」

藤六の赤ら顔が青く変色した。こんな博徒のゴロツキでも、やはり奉行所の拷問は恐ろしいと見える。

「私を追い詰め過ぎるなと警告したまでだ」

「そ、それにしたって」

「分かりました殿様、降参です」

藤六の肩に手を置いて、背後から源治が割って入った。

「佳乃様に、もう安心して御入浴なさって下さいと、お伝え頂きたく存じやす」

「源治、お前が請け合うのか？」

「へいッ。アッシも代貸でござんすから、親分に成り代わり、子分どもに確《しか》と申し伝えておきます」

「風呂を覗くだけではないぞ。若い女子の独り住まいに、男がみだりに近づくな」

「ただ、もしも真面目な用件があったら？」

「家の外から大きな声で伝えればよい。もし家に入って話す必要がある場合は、母屋を通すなり、長谷川家の婆様を同道せよ」

「へいッ。身に代えまして、そのように致します」

源治は、狡猾で不遜な奴だが、頭は悪くない。ここまでハッキリと請け合ったからには、信じていいだろう。

「藤六も異存はなかろうな？」

「へい、そらもう」

「そうか。では頼んだぞ」

と、ぶっきら棒に答えて立ち上がった。

その足で長谷川洪庵宅を訪ねた。

相模屋一家に「覗きをするな」と念を押し、一応の了解を取りつけたことを「お道に」報告するのが用件だ。本筋から言えば、被害者である佳乃本人に直接伝えるべきことだとは思う。しかし昨日、別れ際に言い争いのようになってしまったので、佳乃の家に赴くのは少し敷居が高い。できれば、お道に佳乃への伝言を頼みたいと、虫のいいことを考えていた。

(でもなァ)

相模屋の玄関で下駄をつっかけて、今度は洪庵の家へ向かい庭を横切りながら考えた。

(お道殿から「なぜ自分で伝えないのか」と訊き返されたらどうしよう。まさか「佳乃殿と口論になったから」とも言えんしなァ。ま、言えんこともないが、言い難いわなァ。家主の面目丸潰れだわなァ。ただ、もうすでに潰れてるか、ハハハ)

玄関で訪いを入れる直前、そんな感じで一人ウジウジと悩んだ。

(そうだ。風呂を覗かれた云々の話など、若い女子が男にはし難いだろうと配慮して、婦人同士である「お道殿にお頼みする次第だ」と言えばいい。うん。その線でいくことにして……）

「小太郎様？」

「うわッ」

真剣に考え込んでいたところに、急に声がかかったので肝を潰した。

「だ、誰だ？」

と、振り返ると、手に幾冊かの洋書を携えた堀田敷島斎が笑顔で立っている。

「敷島斎殿……貴公も洪庵先生に用事なのか？」

「はい、エゲレス語の本の一部に、判らない語彙《ごい》がありましてな。省吾《しょうご》に訊こうと思いまして」

省吾は、長谷川洪庵の本名である。ちなみに、敷島斎の本名は槙五郎《まきごろう》だ。二人は学究同士で馬が合うのか、互いを本名で呼び合う仲であるらしい。

「洪庵先生は、阿蘭陀《おらんだ》語ばかりかエゲレス語にまで通じておられるのか？」

「少なくとも拙者よりは詳しいですね」

「大したものですな」

洪庵は、西洋医学の習得ばかりか、外国語にまで精通しているようだ。

（洪庵殿は「頭のいい子供」だからなァ）

と、敷島斎の後に続いて洪庵宅の玄関に入りながら心中で呟いた。

頭脳明晰で学識豊かな洪庵は、心根も真っ直ぐな男である。ただ、精神的にはやや幼く、未成熟な印象がどうしても拭えない。自説に頑《かたく》なだし、すぐに怒りだす。しかも、それがそのまま顔と態度に出てしまうのだ。頬が赤く、丸顔の童顔であるから、余計にその印象が強まる。狡い大人が跳梁跋扈《ちょうりょうばっこ》する世知辛《せちがら》い世の中を、無事泳ぎ渡るのには苦労しそうだ。

「あ、小太郎様、槙五郎、いらっしゃい」

その洪庵は、小太郎たちを笑顔で迎えてくれた。

診療はもう終わったらしく、患者はいなかった。洪庵は一人、一階八畳間で調剤中である。鉄製の薬研《やげん》に薬研車を押しつけ、ゴリゴリと生薬を磨り潰していく。様々に混じり合った薬草の香を嗅ぐだけで清浄な気分となり、体から病魔が逃げ出していきそうだ。

小太郎は、仕事の邪魔をしては悪いと思い、洪庵の作業を黙って眺めていた。洪庵は「すぐに終わります」と言ったきり、作業に没頭している。客人を待たせることなど、まったく意に介していない様子だ。

「おい省吾、小太郎様の用件だけでも伺ったらどうだ？」

敷島斎が、朋輩の不躾《ぶしつけ》をたしなめた。

「うん、すぐ終わるから」

ゴリゴリゴリ。

委細構わず、薬研車を押している。敷島斎が小太郎の方を見て、苦笑しながら会釈した。小太郎も笑顔で会釈を返した。

（この辺だろうなァ。人によっては「無礼だ」と怒り出すかも知れん。危ない、危ない。ただ、洪庵という医者は、患者たちにとって、必要不可欠な存在であることもまた事実なのだ）

貧しい者からは薬代を取らない仁医でもある。

（私は家主だ。店子であるこの男を、世間の荒波から守ってやらねばなるまい。それが家主としての役目の一つでもあろう）

「これはこれはお殿様、ようお越し下さいました」

お茶を出しにきた洪庵の母のお道が慇懃《いんぎん》に平伏した。

「これ省吾、お殿様をお待たせしてはなりませんよ。今すぐ薬研を仕舞いなさい」

「はい、分かりました」

ゴリゴリゴリ。

仕事の手を止める気など毛頭ないようだ。

「御母堂、私は大丈夫ですから、それよりも例の件ですが……」

小太郎は、相模屋と交わしてきた約定を、そのままお道に伝えた。

「それはようございました。親分さんの言質を取れればもう大丈夫。これで佳乃様も、安堵なされますでしょう」

「まったく、あのゴロツキどもは……」

洪庵が、薬研車を押す手を止めて呟いた。

（ハハハ、好きな女の話になると、途端に仕事は止まるのかい）

自分が興味のあること、好きなことだけに反応し、他は黙殺——これって、どこかで聞いた。

（頭の出来は天と地の差があるのだろうが、子供っぽいところは、洪庵殿と父上は

よく似ている）

頭のいい子供の洪庵と頭の悪い子供の官兵衛というところか。

（ハハハ、言い得て妙だなァ）

「拙者は、佳乃殿が不憫でなりません」

洪庵が義憤《ぎふん》に駆られた様子で、相模屋一家の悪行をなじり始めた。

「小太郎様、あの博徒一家、果たして旗本屋敷に住まう資格があるのでしょうか。追い出すわけにはいかんのですか？」

「いきなり追い出すのは、ちと乱暴ですな」

「なぜできません？」

「あれでも奴らは、私にとって店子であるわけでして」

父親が相模屋に多額の借金を負っており、それで「おいそれとは追い出せないのだ」と正直に言うのも業腹だ。

「佳乃殿も店子でしょう。もう少し心配してやるべきだ」

洪庵が顔を紅潮《こうちょう》させて目を剥いた。

「省吾、いい加減にしろ！」

敷島斎が、朋輩をたしなめた。

「小太郎様は相模屋と談判して、前向きな言質を取ってきてくれたんじゃないか。佳乃殿のことを蔑ろにしたり、軽視したりはしていないよ」

「槙五郎、どちらの味方だ？」

「敵とか味方とか、そういう問題ではない」

学究の朋輩同士がしばし睨み合った。

「ど、どうでもいいよ……」

ゴリゴリゴリ。ゴリゴリゴリ。

また薬研を使い始めた。不満げに口先を尖らした様はまさに子供だ。八畳間に気まずい沈黙が流れた。

「兎に角……」

小太郎が言葉を継いだ。

「様子を見ましょう。相模屋の不埒が治まるのか、治まらないのか……見極めた上で、必要ならばまた新たな行動を取ります。決して家主としての責任を回避することはありませんから御安心下されし敷島斎とお道が同意して頷き、それを見た洪庵も渋々頷いた。

（ふう。これにて一件落着かあ）

と、心中で胸をなでおろした小太郎だったが、どっこい、落着とはいかなかったのである。

第三章　絵師、覚醒ス

一

「鬼の霍乱《かくらん》ってやつさァ。ああ、なんだい……こりゃあ、汚いねェ」

洟《はな》をかんだ塵紙《ちりがみ》を拡げて眺めた官兵衛が、顔を顰《しか》めた。暑がりの彼が、火鉢を四つも置いて室内を暖めた上、布団を被って寝ている。

官兵衛が、倅の前で大クシャミをやらかしたのは三日前のことだ。生姜湯などを飲んで精々養生したのだが、その夜から熱が出た。一昨日、昨日と高熱が続き、今朝は大分寛解《かんかい》したが、まだ微熱《びねつ》と濃厚な鼻水が残っている。

「洪庵先生は『昨日で峠は越した』と言っておられます。暖かくして寝ておられればじきに治りますよ」

病床の父を、枕元から小太郎が励ました。

「燗酒《かんざけ》なんかどうだろうか……熱燗でさ」

「全快するまで酒は駄目だ、と洪庵殿からきつく言われております」

「体の芯から温まりそうだがなァ」

と、頭に巻いた病鉢巻《やまいはちまき》の位置を、布団から手を出して少し直した。病鉢巻には、紫根《しこん》の煎液《せんえき》で染めた縮緬《ちりめん》布を使う。この時代、病鉢巻を「結び目を左側にして巻く」と高熱や頭痛を鎮めると考えられていた。紫根とはムラサキの根であり、一定の消炎解熱効果が認められる生薬だが、鉢巻とか結び目を左側にするとかは、多分に呪《まじな》いの類であろう。

「体は温まっても、酒は体力を奪うそうですから」

「そんなことあるかい。酒は英気のもとだぜェ」

「まだかなりお辛そうなのに、よく飲む気になりますね」

小太郎が呆れた。

「酒は百薬の長さ」

「あのね、父上ね」

小太郎がたしなめようとしたところへ、障子の外から「御免」と声がかかった。

「洪庵先生、どうぞ」

洪庵が往診にきてくれたようだ。

障子を開けて入室した洪庵は、官兵衛にニコリと微笑みかけ「如何ですか?」と優しく訊ねた。実に円満な態度だ。医者の笑顔は患者に安心感を与える。普段は子供っぽいところのある洪庵だが、診療中の彼はおおむね信頼がおける。医師としての職業的矜持が、自分の本質を封じ込めるようだ。小太郎自身、刺客に左太腿を斬られたときに洪庵の治療を受けたから、その辺はよく知っている。

「ああ、随分よくなっておられますね」

洪庵は病人の枕元に座ると、まず顔色をじっくりと眺めた。「うん」と小さく頷いてから、両手で首筋や耳の後ろ側を探る。次に、掛布団を剝ぎ、寝間着の前をはだけて、片耳を官兵衛の胸に押し当て、体の中の音を聴いた。日本に聴診器が入ってくるのは、嘉永元年(一八四八)のことであるから、この頃はまだ直接に耳を当てて聴くしかなかったようだ。耳を離すと、左手を開いて官兵衛の胸に押し当て、中指の節を右手の指先でトントンと叩き始めた。幾度か場所を変えて叩いていく。最後に、病人を布団の上に座らせ、胸と同じように背中の音を聴いた。

「どんな塩梅《あんばい》だい？」

官兵衛が急かした。

「もう少し診させて下さい。すぐにお伝えしますから」

病人の心配を笑顔でいなした洪庵は、やはり左手を背中に当てがい、右手の指先で叩いて診察した。

「音を聴いたのが聴診法《ちょうしんほう》、今やっているのが打診法《だしんほう》と申します」

「なにが分かるのですか？」

小太郎が訊いた。

「御隠居様の病は普通の風邪だと思われます」

蘭方医が説明した。

「あまり心配は要らないのですが、希《まれ》に肺の臓まで悪くなることがございます。そうなると少々厄介なので、呼吸の音が変わっていないか、叩いて響きに異常はないか、調べている次第にございます」

「オイラの背中、妙な音でもしてるんじゃねェだろうなァ？」

「大丈夫、異常なしです」

そう答えて、はだけた寝間着を元に戻した。

「今日から煎薬を変えますので、きちんと飲んで寝ていれば、数日で全快となるでしょう。でも、お酒はまだ駄目ですよ」

「あ、聞かれてたのか。へへへ、飲みやしねェよ」

最前の父子の会話が、障子の外まで聞こえていたようだ。

「ね、先生？」

小太郎に手伝わせて横になり、布団をかけた官兵衛が洪庵に尋ねた。

「あんた、大層な名医らしいな」

「いやいや、修業中の身です」

「倅の刀傷も治してくれたし、オイラの風邪も診てくれる。その調子で、心の患いみてェなものは治せないのかい？」

「心の病ですか」

少し自信がなさそうだ。

官兵衛は、絵師の歌川偕楽と歌舞伎役者の中村円之助が、酒に酔うと必ず大喧嘩をするのは「なにか心を患っているのではないか」と相談を持ちかけた。

「ああ、偕楽さんと円之助さんね。夜な夜な騒いでおられますなァ」

あれだけの騒動だ。貸家の住人は誰もが知っているのだろう。

「父や私と飲む分には、酔っても然程には乱れず、とてもよい酒なのです」

小太郎が横から説明した。

「二人きりで飲むと乱れる、というわけですな？」

「そうそうそう」

官兵衛と小太郎が同時に頷いた。

「元々反りや馬が合わないだけでは？」

「それはねェよ。素面のときは、仲がいいんだもの」

「父が申す通りで、芸事で身を立てる者同士、話が合うようです。偕楽殿は、円之助殿が今は唯一の朋輩だと私に言いました」

「なるほど」

円之助は若い頃、美男の立ち役として鳴らしていたが、今は容色も衰え若い役者に追い越されて惨めな思いをしている。また、偕楽は美人画の人気絵師だったが、惚れた女に酷く裏切られ、創作意欲を失っている。そんなことを、小太郎が手短に伝えた。

「およそのところは分かりました」

と、頷いた洪庵はしばらく考えていたが、やがて――

「拙者が思うにですな」

二人は落魄《らくはく》した芸術家として互いに共感し合う一方で、酔うと「相手に駄目な自分と同じ臭いを嗅いで」自己嫌悪から激しい怒りが抑えきれなくなってしまう。その結果「喧嘩になっているのではなかろうか」と洪庵は分析してみせた。

「つまり、円之助と偕楽は、鏡に映っている自分に向かって、拳を振るってるということかい？　自分に苛立って？」

「はい、拙者はそのように診ます」

「そもそも、そんなことがあるのかねェ？」

病床の官兵衛が首を捻った。

「オイラ、自分に腹が立ったことなんぞ一度もねェぞ。いつも自分で自分を褒めちぎってる。よくやったァ。官兵衛は素晴らしいと……な、なんだよ、その目は?」

と、枕元に控える小太郎を睨みつけた。

「別に、父上ならそうなのだろうなァ、と思っておっただけです」

小太郎が半笑いで答えた。父と子の間に、気まずい沈黙が流れた。

「ふん、どうでもいいや。で、どうすりゃいい?」

官兵衛が、落魄した芸術家二人組への処方箋を洪庵に質した。

「己が現状を受け入れることでしょうね」

「よく分からねェ。もう少し分かり易く教えてくれ」

「つまり、御隠居様の仰る通りなんですよ。自分はこれでいいんだ。今のままの自分でいいんだと思い込むしかないんです。自分の今を肯定するってことです。御隠居様は素晴らしい思考法をしておられる。それなら、心の病の方が逃げ出していきます」

「て、照れるねェどうも……聞いたか小太郎?」

「お言葉ですが」

父を無視して、小太郎が洪庵に質した。

「それができれば苦労はないでしょう。ま、父は兎も角、円之助殿と偕楽殿には、杞憂《きゆう》でも幻でもない厳しい現実があるのです」

円之助には「役者としての旬が過ぎた」という「老い」にまつわる現実があり、偕楽には美人画の絵師が「女の中の醜悪《しゆうあく》な部分を覗き見てしまった」という現実がある。

一方的に「女が醜悪」云々は語弊もあろうが、女から見れば男も大層醜悪で、日頃は相手の外面に逆上《のぼ》せ、理想化して交流しているだけに、嫌な部分を見せつけられると愕然とするのは、男女ともに違いはないはずだ。

「嫌なことがあり、嫌なものを見て打ちのめされる。結果、気持ちが折れてしまった不甲斐無い自分に辟易しているのに、その自分を肯定的に見ることなんて、一番難しそうに感じます」

と、小太郎がまぜっかえした。

「ま、確かに容易ではないでしょうけどね」

洪庵が元気なく答えた。

「そうでしょう。難しいですよ」

と、小太郎は困惑して室内を見回した。布団に横たわる官兵衛と目が合う。すると官兵衛が小太郎に向け、ニッコリと微笑んでみせたのだ。

（ああ、なんと、父上は能天気で羨ましいなァ。円之助と偕楽も、父上ほどの図太さというか、勘の鈍さというか、虫の良さと言おうか、そういう心根を持っていれば、人生がもっと楽になるだろうに）

小太郎は、父の図太さについて考えてみた。楽しい事だけ考えて、厳しい現実は一切見ない。「オイラは凄い」「オイラは正しい」と思いながら日々を明るく楽しく暮らしているのだ。

（苦悩とは無縁な、よい性格をしておられる）

ただ、確かに悩みはないかも知れないが、官兵衛が芸事で成功者となることはほぼあるまい。芸術家は悩んでナンボの仕事であろう。悩みで心を病んでしまうこともあるが、逆に、悩みを克服した暁には成長が見込まれ、芸も一皮剝けるはずだからだ。自己肯定感の強過ぎる官兵衛は、悩みもないが、ガキの頃のまんまでまったく成長がないではないか。

「え？」

と、病床の官兵衛が、小太郎を見て瞬きを繰り返した。

「や、なにも申してはおりません」

父のことを「ガキの頃のまんまだ」と考えていたところに声をかけられたので、少しドギマギした。すでに洪庵は診察を終えて退去し、小太郎は父の枕元で、手を火鉢にかざしている。炭に顔を寄せて「フーッ」と息を吹きかけた。灰でおおわれた炭の表面に淡く炎が立ち上がると、かざした手が幾分か暖かくなった。

「な、小太郎」

「はい？」

「お前ェは、ガキの時分から寒がりだったよなァ」

と、官兵衛は天井を見上げて、幸福そうに微笑んだ。

（私は、父上の子供の頃のことはなに一つ知らないのだから「まったく成長していない」と決めつけるのは少々乱暴かも知れないなァ）

「ね、父上？」

「ん？」

官兵衛が病床から応えた。

「父上は幼い頃、どんな童だったのですか？」

「どんなって、今のままさ」

「い、今のまま？」

助平で、嘘つきで、虫がよくて、酒と博打に目がない童――お、恐ろしい。

「そうだよ。オイラはオイラだァ。なに一つ変わりゃしねェよ。幼馴染と会うとよォ。『官兵衛は昔のままだなァ』と羨ましがられるねェ」

「あ、ま、そうでしょうねェ。なんとなく分かりますよ」

「分かるだろォ？　オイラ、あと百年はこのままさ。ガハハハハ」

「す、す、素晴らしいですなァ」

小太郎の読みは間違っていなかったようだ。

苦悩なくして人の成長なし。一廉《ひとかど》の人物になりたいなら苦労するべし――間違いない。

二

洪庵の煎薬がよく効いたらしい。微熱も下がり、洟も止まり、官兵衛の手足に力がみなぎってきた。暑がりの官兵衛も、さすがに風邪で臥《ふ》せっている間は障子を閉め切っていたのだが、それを今朝は初めて開け放った。

「ああ、いい気分だァ」

澱《よど》んだ空気が澄んだ外気に入れ替わっていく。寒さはまったく感じない。完全に風邪は抜けている。

(よォし、もう大丈夫だァ。無敵の官兵衛様が蘇《よみがえ》ったぞォ)

官兵衛は、女中のお熊を呼び、早々に布団を片付けるよう申しつけた。

「お熊ちゃん、相変わらずいい尻《けつ》してるねェ。おっちゃん、むしゃぶりつきたくなっちゃうよォ」

と、久し振りで座布団《ざぶとん》に腰を下ろし、脇息にもたれて上機嫌の官兵衛が女中に声をかけた。

「御隠居様、からかうのはお止め下さい。私など、端からもう女は諦めているのでございますから」

布団を片付けながら、お熊が不満げに口を尖らせた。

お熊は縦横にデカい。なにしろデカい。

身の丈は五尺三寸（約百五十九センチ）ある。当時の女性の平均身長は五尺（約百五十センチ）に満たず、男性でも五尺二寸（約百五十六センチ）ほどだったから、お熊は相当な大女と言えた。体重に至っては二十五貫（約九十四キロ）もあり、可哀そうだが超肥満体と呼ばざるを得ない。

「そうゆう料簡はいけねェなァ」

「え？」

次の間にある押入れに布団をしまいながら、開いた襖越しに、お熊がこちらを見て、驚いたような顔をしている。

「お熊、いいからそこへお座り」

と、己の前の畳を扇子の先でトントンと叩いた。

「お前ェは、正真正銘の女だよ」

お熊が座ると、官兵衛は説教を始めた。

「お前ェは愛嬌があって、とても可愛い。それは事実だァ」

「そんな」

お熊が太った体をよじって照れた。

「女の価値ってのは見てくれだけじゃねェだろう。お前ェは情が深いし、気働きもできる。健康で働き者だァ。なかなか『いい女』だと思うぜェ」

「こんなに肥えた『いい女』なんぞおりませんよ、ハハハ」

お熊が大口を開けて笑った。あっけらかんとした明るい性質なのだ。

「や、だから、男も色々なんだよ。女の趣味も好き好き。例えば小太郎はスラッと細身の女を好むが、親父のオイラは、どちらかと言えば、ムチッと肉置きの豊かな女が好みなんだな」

「私の場合、肉置き云々の前に、肉だらけですから、ウフフ」

お熊は、さも可笑しいといった風に官兵衛の目を覗き込んで笑った。

「いやいやいや、肉まみれ、肉だらけで結構さ。そうでなきゃ駄目って野郎もいるんだよォ」

「へえ、そんなものでございましょうかねェ」

「ここだけの話な」

と、声を潜めて前屈みになった。お熊も釣られて前屈みになる。

「オイラの朋輩でよォ、『よほど肥えた女相手でねェと興奮しねェ』って野郎を一人知ってるよ」

「いやだ御隠居様、朝から下品な」

お熊は恥じらって頬を染めながらも、興味津々の態である。

「なんでも、分厚い布団を抱いて寝転んでいるような温かさ、安心感が堪らねェらしいんだわ」

「あらま」

お熊が目を剝き、固唾《かたず》をゴクリと飲み下した。

「世間は広いってことだわな……で、お前ェさん、どこぞに惚れた男でもいねェのかい？」

「惚れた男って、それは言い交わした相手とか、懇ろ《ねんご》な殿方というような意味合いでございますか？」

「懇ろじゃなくてもいいさ。片想いでも恋は恋だろうが」

「片想いだったらいます」

「誰よ？」

今度は官兵衛が目を剝いて身を乗り出した。

「御隠居様には申し上げられません」

「いいじゃねェか。悪いようにはしねェから、聞かせろよ」

「嫌です。言えません」

（このアマ、やけに頑なじゃねェか……ま、まさか）

「おい、小太郎じゃねェだろうな？　こ、小太郎は駄目だぞ」

「とんでもございません。御身分が違い過ぎます。これだから御隠居様は勘が狂うんですよ。では私はこれで、御免下さいませ！」

と、興醒めした様子で一礼して立ち上がった。

「待ちなよ」

「私、忙しいんですよ」

「その男、当ててみようか？」

「どうせ外すんだから」

「喜衛門だろ？」

薄笑いを浮かべた官兵衛が、大女を下から見上げて、ズバリと言った。

「え……」

お熊が少しよろけた。顔を真っ赤にして、官兵衛を睨みつけている。

「図星か？」

「い、いえ。お、大外れ」

と、強弁し、再度一礼すると足早に書院から立ち去った。

（へへへ、惚けたって駄目よ。そんなこたァかねてよりお見通しだァ。官兵衛様を嘗めるんじゃねェ。酒と女と博打に関しちゃ鼻が利くんだよォ）

と、髭の伸びた顎を気分良さげに撫でた。

お熊は、十六歳で大矢家の領地がある下総長屋村から奉公に上がった。今年二十六歳だから、もう十年も大矢家で女中奉公をしている。その間、幾度かそういう気配——喜衛門に惚れている気配——はあったのだ。気配が確信に変わったのは五年前だ。お熊が二十一歳のとき、喜衛門は小太郎につき従って甲府へと赴いた。お熊が泣いたところを見たのは、あの時が初めてだ。

（十年、一人の男を思い続ける。健気じゃねェか。お熊の純情を、是非にも成就させてやりたいねェ）

ただ、事が事である。勿論、女性は容姿だけではないのだが、それでもお熊の外見は「ある意味独特」「人を選ぶ容姿」なものだから、喜衛門から袖にされる恐れもなくはない。無理なものは無理、仕方がない。

(そうなったら、お熊はこの家に居づらくなるだろうなァ。下手すりゃ首を吊るぜ。こりゃあ、慎重に事を運ばなきゃならねェぞ)

シャワッ、シャワッ、シャワッ。

見れば、件の喜衛門が竹箒で庭を掃いている。

(なんだ、渡りに船じゃねェか)

と、立ち上がり、大声で呼んだ。

「おい喜衛門!」

「へいッ」

竹箒をその場に置き、小走りにやってきた。釘抜き紋の紺看板を着て、人の好さそうな笑みを浮かべている。

「ちょっくら出かける。お前ェ、供をしな」

「へいッ、どちらまで?」

「内藤新宿まで『線香』を買いに行く」

「あ、あの」

途端に、忠義者の表情が曇った。

「なんだよォ、時化《しけ》た面してんじゃねェよ。黙ってついて来な」

「でも御隠居様……」

「うるせェ。黙ってついて来いって言ってんだよォ。同じことを幾度も言わせんな」

「へ、へい」

小太郎が不審を抱いている大福帳の項目「線香代」とは、官兵衛が宿場女郎を買いに四宿《ししゆく》へ繰り出す遊興費の隠語であることは、奉公人の誰もが気づいていた。知らぬは小太郎ばかりである。

ちなみに、四宿とは、東海道の品川宿、甲州街道の内藤新宿、中山道の板橋宿、奥州街道（日光街道）の千住宿の四宿場町を指す。天保《てんぽう》期の内藤新宿には、街道を挟んで二十四軒もの旅籠屋《はたごや》が営業しており、私娼を置くことが黙認されていた。所謂《いわゆる》、飯盛女《めしもりおんな》である。旅籠屋であるから女性客や公用の武士、一般の旅行者も泊まったが、もし飯盛女を部屋に呼べば、二食付きの宿泊料三百文（約四千五百円）の他に、別途揚代《あげだい》が五百文（約七千五百円）、酒肴を頼めばさらに二百文（約三千円）で、都合一分（約一万五千円）ほどかかった。無論そこはピンキリで、四六見世《しろくみせ》などと呼ばれる安宿は、夜なら四百文（約六千円）、昼なら六百文（約九千円）ぽっきりで女郎と遊べた。

官兵衛の放蕩を小太郎は快く思っていない。そのことを喜衛門はよく知っている。官兵衛から命じられ、仕方のないこととはいえ、隠居の無駄遣いに加担することになりそうで、喜衛門はしょげ返っていた。

そのしょげた肩越しに、二人の人物が寒椿が揺れる庭を横切り、小太郎の居室へ向かって歩いていくのが見えた。佳乃とお道だ。二人の足取りには、憤慨と怒りと不満が強く感じられた。

「なんだ？　あの様子、穏やかじゃねェなァ」

官兵衛が呟いた。

三

「相模屋の奴、許せんな」

小太郎が唸った。

「相模屋は、二度と子分たちに佳乃殿の風呂場は覗かせないと、私に確約したのだ」

「そうそう。明々白々な約定の反故《ほご》でございますよ！」

俯く佳乃の傍らでお道が吼えた。

昨夜、佳乃はまた誰かに浴室を覗かれたという。「もう安心である」と、彼女に大見得を切った手前、小太郎の面目は丸潰れだ。

（や、佳乃殿の恐怖と屈辱を思えば、私の面目なんぞこの際どうでもいい。相模屋の奴、絶対に許さん）

「顔は見たのか？」

「い、いえ」

蚊の鳴くような声で佳乃が答えた。

「佳乃様は気丈にも『人を呼びますよ』と叱りつけたそうにございます」

傍らからお道が口を挟んできた。話の内容が内容だから、お道と喋る方が小太郎としても話し易い。

「それで賊は?」

「不埒者は図々しくも、その場から暫《しばら》く動かなかったそうで」

「そりゃ可笑しいでしょう。ある程度対峙したのなら、何故顔が分からない?」

「お面を……白い狐のお面を」

「賊は、面を被っていたのですね?」

「はい」

佳乃は頷き、再び俯いてしまった。

「お道殿が覗かれたときには、面はつけていなかったのですよね?」

「なにせ暗かったから……でも、狐の面なんぞ被っていたら、なんぼなんでも気づきますよ」

(賊に心境の変化でもあったのかなァ。なぜ面を被って覗いた?)

考えを巡らせた。

(常識で考えれば、奴はじっくりと裸を眺めたくなったのだ。当然、顔を見られる。そこで面を被った。そんなところだろう)

それにしても、闇の中に狐の面をつけた男が立ち、こちらを見つめている風景、想像するだに不気味だ。裸身で逃げることも儘《まま》ならない佳乃の恐怖は、如何ばかりであったろうか。

「もう一度、相模屋に掛け合ってきます。もし埒《らち》が明かないようなら……」

「どうされます？」

佳乃が顔を上げ、小太郎の目を真っ直ぐに見つめた。

「私自身が、浴室の外に張り込みます。張り込んで、もし不埒者が出れば取り押さえます」

激高している小太郎、本音では「相模屋を斬る」と思っていたし、そう口走る寸前だった。危ういところだ。また佳乃からの評価を下げるところだった。佳乃は、その手の乱暴な解決法は決して望んでいないだろう。

「今夜以降、入浴される場合は、暮れ六つから五つ（午後六時頃から午後八時頃）の間にして下さい」

小太郎が佳乃の目を見返しながら言った。

「その間、私は浴室の外の茂みに身を潜めて警戒します」

そう言って立ち上がった。

「どちらへ？」

佳乃が訊いた。

「まずは相模屋です。話を聞くのが前提ですから」

「どうせ無駄でございますよ」

お道が冷笑した。

「嘘つきは、嘘に嘘を重ねますからね。所詮はゴロツキの博徒ですもの」

「ゴ……」

思わず佳乃と目が合った。実に気まずい。

おそらくお道は、小太郎が「イカサマ博徒であること」を知らずに口走ったのだろう。禄高五百石の旗本家当主が、博徒、それも「イカサマ賽子の達人」などと誰が思うものか。

「嘘つきは嘘つきなりに、開き直っているのか、なんとかしようと努力はしているのか、その辺は見極めたいと思っております」

「努力？　ふん。博徒風情には最も不釣り合いな言葉ですわ」

お道が吐き棄《す》てるように言った。博徒博徒と、一々小太郎の胸に突き刺さる。

「なにとぞ、宜しくお願い申し上げます」

佳乃が平伏し、慌ててお道がこれに倣った。


その後、すぐに庭を横切って相模屋へと向かい、藤六と源治に面会した。

「その覗き野郎、うちの若い者ではござんせんよ」

と、四日前に胸を張って請け合った源治が真っ向から否定した。

「ほお……」

(源治の奴、開き直ったな。女の風呂を覗くなぞという阿呆は、お前らゴロツキと相場が決まっておるわ)

と、怒りに拳を握り締めたが、同時に咎めるような佳乃の眼差しが脳裏を過った。

(短気はいかんな)

「源治、その自信の根拠を聞かせてもらおうか?」

「実は昨夜、親分とも話し合って『アッシらじゃねェって証を立てよう』と工夫を凝らしたんでさ」

「証だと？」

「昨夜、佳乃様が入浴なさったのは幾時頃のことですかい？」

「夜の五つ（午後八時頃）だ」

「ならば、絶対に手前どもの身内じゃござんせん」

源治は口元に薄笑いを浮かべながら、余裕綽々で説明を始めた。

「暮れ六つ（午後六時頃）から夜の五つ半（午後九時頃）までの間、この部屋に子分全員を集め、花札で遊んでおりました。アッシと親分が見張っていて、小便に行くにもどちらかが一緒に厠までついていきました。誰一人としてこの家からは出ておりません」

（糞ッ。使える悪知恵はすべて動員したというわけか）

「お前らの言葉なんぞ信じられんな」

と、一応は抵抗してみた。

「殿様、それを仰っちゃ、話は前に進みませんぜ」

源治が辟易した様子で首筋を撫でた。

「宜しいですか小太郎様、そりゃあ、アッシは博徒だ。ゴロツキだ。銭や命がかかれば嘘八百を平気で並べますよ。その程度の人間だァ。でもねェ。今回は所詮は覗きでしょ。そんな些細なことで、一家を挙げて大掛かりな嘘なんぞでっち上げやしませんぜ」

「ふん」

悔しいが源治の言葉にも一理ある。

（相模屋絡みでないとすれば、覗き魔は誰だ？）

ここは、小太郎自身が、夜な夜な茂みに屈んで警戒するしかなさそうだ。


「今日は二十一日か」

佳乃の家の浴室を望む皐月《さつき》の茂みの中で、小太郎が小声で呟いた。陰暦の二十一日となれば、月の出は宵の四つ（午後十時頃）過ぎということになる。

（四つまでは闇の中だな）

ただ五間（約九メートル）離れた浴室に灯りが点れば、暗い庭でも人の顔ぐらいは見分けられそうだ。

佳乃は六つ（午後六時頃）から五つ（午後八時頃）にかけて入浴する。もし覗き魔が出れば、小太郎が捕縛して一件落着だ。

（佳乃殿の私に対する印象も、多少は好転するだろう。家主としての責任を果たし、惚れた女子《おなご》にいい顔もできる。ハハハ、これは一石二鳥だな）

と、小太郎はやる気満々であった。ただ、寒い。

一番の障害は寒さである。新暦に直せば今宵は二月の九日だ。年間を通じての極寒期と言っていい。覗き魔を捕えようと張り込んだ家主が凍死でもしたら、いい笑いものである。

（凍死までいかなくとも、風邪を引きたくはない。父上の例もあるからなァ）

小太郎は袷《あわせ》の小袖を二枚重ね着し、その上から丹前を羽織った。懐には陶器製《とうきせい》の湯たんぽを抱き、手には赤樫の木刀を持っている。極めて珍妙な姿だが、いざ捕物となれば湯たんぽは放り出すし、丹前はすぐに脱ぎ捨てて、飛び出すつもりだ。一応は万全の態勢である。

六つ半（午後七時頃）を少し回った頃、浴室に灯りが点り、佳乃が入浴を始めたようだ。湯の流れる音、桶《おけ》が鳴る音などが低く伝わった。

小太郎は、ゴクリと生唾を飲み下した。

佳乃には、蔀戸を開けて入浴するように言ってある。その方が覗き魔としては仕事（?）がやり易いだろう。要は囮、要は撒《ま》き餌《え》だ。勿論、小太郎の位置から浴室内は見えないが。それでも人が動く気配は十分に伝わった。

（あそこには、裸の佳乃殿がおられるのか……は、裸って、ウウ）

妄想に駆られて頭がクラクラした。鼻血が出そうだ。

（私も本心では「風呂場を覗きたい」と思っているのだろうか、否、いやしくも直参旗本家当主たるものが……）

そこで溜息が出た。吐く息は当然白い。

（いやいや、自らを欺くのはよそう。正直、私だって佳乃殿の裸は見たい。風呂を覗きたい。でも、これでは賊と大差がない。情けないことになる）

溜息は嘆息へと変わった。

（や、全然違うぞ。心の中で何を思おうが、それは人それぞれの勝手だ。言葉に出したり、行動を起こしたりして初めて世間との軋轢《あつれき》が生じる）

敷島斎の研究も同じだ。彼の理想を実現させるためには、頑迷固陋《がんめいころう》な幕府を倒すことも必要だが、敷島斎はそれを行動に起こすつもりはないと言っている。

(私と覗き魔は、佳乃殿の裸が見たいと思う時点では同じ穴の狢だが、奴はそれを実行し、私はそれを自重している。ここに大きな違いが……)

ガサッ。

藪の中で気配が動き、小太郎は緊張して木刀を握り締めた。

(の、覗き魔か?)

「シャ――――ッ」

三毛猫であった。レイが藪の中から敵意を剝き出しにしている。

(なんだ、猫か)

そんなことを悶々と繰り返しながらも、一人警戒を続けた。いつ何時、憎き覗き魔が出現しないとも限らない。

(覗き魔の奴、出たら覚悟しろよ。思いっきりブン殴ってくれる。手加減なんぞ一切せんからなァ!)

極寒の中、情けない思いをしながら猫に唸られた屈辱感は、賊への鉄拳制裁で解消するつもりだ。これを人は、八つ当たりと呼ぶ。

五つ半（午後九時頃）近くに浴室の灯りは消え、人の気配はしなくなった。

「今日は終わりか」

緊張が解け、また溜息をついた。吐いた息の白さは最前に勝っている。気温が下がっているのだ。

「佳乃殿、意外に長風呂だなァ。一刻（約二時間）近くも入っておられたぞ。逆上せないのかな？」

小声で愚痴を言いながら、茂みの中で立ち上がった。佳乃が風呂から上がってしまったからには、今宵はもう覗き魔は出現しまい。とっとと撤収だ。鼻水をすすり上げながら、湯たんぽと木刀を手に、丹前の裾を引き摺って庭を横切り、母屋へと向かった。

（あれ、円之助殿と偕楽殿の家に灯りが見えないぞ。外出中かな？　おや、父上の部屋も暗い）

嫌な予感がした。

（まさか、誘い合って飲みにでも出かけたのではあるまいなァ？　その飲み代を誰が払うんだろうか？）

官兵衛は見栄っ張りだから「ここはオイラが出す。いいよいいよ」などとやらかしかねない。

（父上には危機感というものがないからなァ。参るよなァ）

と、心中で愚痴りながら、鼻水をすすり上げた。

四

小太郎の不安は的中し、官兵衛と二人の芸術家は、内藤新宿の旅籠にいた。

「遠慮なく飲めって。ここはオイラが出すんだ。いいよいいよ、飲め飲め」

丁度、小太郎が寒さに震えながら庭の茂みに潜んでいた頃、官兵衛は上機嫌で偕楽と円之助に酒を勧めていた。

「では、頂戴させて頂きます」

「おう、頂いてくんなァ」

と、酒を円之助が手にした大盃《おおさかずき》になみなみと注ぐ。少しぐらいこぼれても一向に気にしない。宴《うたげ》に呼ばれた遊女たちが「御隠居様、太っ腹！　素敵ッ！」と嬌声《きょうせい》を上げた。大矢家の財政再建に奔走する小太郎が見たら、発狂しそうな光景である。

今宵の宴席にはもう一人、恐縮しつつ末席に控える喜衛門の姿まであった。

「喜衛門、飲んでるかァ」

「へい、頂戴しております」

と、紺看板の背を丸め、盃の端を形だけ嘗めた。

(喜衛門の野郎、小太郎に義理立てしやがって、羽目を外せねェんだなァ。哀れなもんよォ)

官兵衛から見た喜衛門は、忠義者で仕事熱心、いい奴ではあるのだが、ちと面白味に欠ける嫌いがなくもない。

(真面目でいい奴だが、面白味に欠けるだとォ？　どこぞで聞いたな？　あ、なんだ丸っきり小太郎じゃやねェかァ。こいつら主従が馬が合うわけだァ)

ま、小太郎には「イカサマ賭博師」としての顔もあり、喜衛門ほど単純ではないのだろうが、博打の腕さえ抜けば、小太郎と喜衛門は確かによく似ていた。

嫌がる喜衛門を、遥々《はるばる》内藤新宿まで連れて来たのには理由があった。官兵衛は目下、お熊の健気な恋を応援し、成就させるべく活動している。彼女は気立てが好いし、健康で働き者だ。二の次のことではあるが、二人の実家は長屋村の中堅農家で、家の釣り合いも取れている。片想いの相手の喜衛門が、もしお熊を拒絶することがあるとすれば（遺憾ながら）そこはやはり外見ということになるだろう。今回の内藤新宿行きでは、喜衛門の「女の趣味」を探ってみるつもりである。

「喜衛門、今夜はどの姐さんにするよ。まずはお前ェが好きに選んだらいい」

女郎の選び方で、おおよその見当はつきそうだ。

飯盛女は四人が呼ばれていた。官兵衛は遣手婆《やりてばば》に駄賃をはずみ、痩せた女から、肥満体の女まで、各種取り揃えさせていた。喜衛門の趣味嗜好《しこう》は那辺《なへん》にあろうか。

「とんでもございません。手前は御隠居様のお供でございますから、布団部屋にでも雑魚寝させて頂きます」

「馬鹿野郎。オイラに恥かかせんじゃねェよ。な、喜衛門。大体お前ェの女の趣味はどうなってんだい？」

「ど、どうって？」

さすがに困惑顔となり、盃を膳に置いた。

「こう、ポチャッとした女がいいのか？　それとも、スラリと小股の切れ上がった姐さんが好みか？」

「や、そんな好みとか贅沢申せる身分ではございませんので」

「喜衛門さん、いけませんよォ」

酔眼朦朧とした円之助が横から介入した。

「座興ですよ。ちゃんと言わなきゃ、座が白けちまう」

「そうだぞ喜衛門、主命である。女の趣味を、今この場でゲロしちまいな」

女郎たちが一斉に囃《はや》し立てた。

「へえ……では、御免下さいまして」

「いよッ、喜衛門さん、日本一！」

と、円之助が煽る。

「どちらかと言えば……ふくよかな体形の方のほうが」

「ほお、そっちかい？」

なんだか上手くいきそうだ。

「へえ」

「つまり、肥えた女体に燃えるわけだな？　で、どの程度の肥え方までいけるね？」

「ど、どの程度？」

「この二人の姐さんのうち、どちらの姐さんを選ぶのかな？」

と、四人いる女郎のうち、太り肉《じし》の二人を指名した。一人は小肥り、一人は大肥りである。随分と不躾な物言いだが、そこは名うての宿場女郎、座を白けさせることなく、喜衛門に向けて婀娜《あだ》っぽく身悶《みもだ》えしてみせた。

「で、では、右側の姐さんを」

右側の大肥りの女郎が、大喜びで喜衛門に飛びつき、強烈に唇を吸った。

「ムウ、ムム」

女に慣れのない喜衛門が、口を吸われたまま目を剥いた。

「いいねェ。熱々だねェ。おい喜衛門、今夜は寝れねェぞ、ガハハハ」

と、大笑いした後、官兵衛も盃を膳に置いた。少し真顔になっている。

「ときに、な、喜衛門？」

「へ、へえ」

ようやく大女から解放された中間が、官兵衛に向き直った。

「これはあくまでも例えばの話なんだが……うちの女中のお熊なんざどうだ？　そ

の姐さんと体形が似てるような気もするんだが」

「お、お熊さんですかい？」

「喜衛門さん、顔が赤くなったね」

　円之助が囃した。

「だから例えばだよ。『お熊を抱きたいなァ』とか思ったことはねェのかい？」

「や、同じお家に務める奉公人仲間ですから、抱きたいとか、そんな……」

「ねェのか？」

「や、ないと申せば……どうなのでございましょうか」

「こらァ喜衛門！　主命だというとろうが！」

　官兵衛の雷が落ちた。座布団の上でドンと片膝を突き、腰の脇差を左手で摑み、柄に右手を添えた。上意討ちも辞さない剣幕だ。

「単純な話だよォ。お前ェ、お熊でマスをかいたことがあるのか、ないのか、正直にいうてみい！」

「そ、そんな露骨な」

「喜衛門、この野郎！　死にたくなかったらとっとと吐いちまえ！」

「ご、ご、ございます」

シドロモドロになりながら忠義の中間が平伏した。

「よおしッ、でかした喜衛門、それでいいんだよォ」

官兵衛が莞爾と笑い、座布団に腰を下ろした。

「あんの……」

喜衛門のなにが「でかした」のか、官兵衛以外の誰にも分からない。男も女も皆キョトンとしている。

（お熊、喜べ。お前ェは今、人生の賭けに勝ったんだよォ）

官兵衛は心中で快哉を叫んだ。心の底から嬉しかった。もし喜衛門が「スラリとした女が好み」だと仄めかしたら、お熊の恋はその瞬間に終わるところだ。

（倅の春は遠そうだが、奉公人どもに春が来やがった。嬉しいじゃねェかァ）

「今夜は祝い酒だ。さ、飲もうぜ！」

四人で酒をしこたま飲んで、それぞれ女郎を抱いて宿泊する——店側に大分負けてもらっても、総額で一両一分（約七万五千円）は下るまい。小太郎には聞かせられない金額である。今回も「線香代」で誤魔化すつもりである。

（大丈夫さァ。なんとかなる。喜衛門は小太郎の一の子分だし、お熊は屋敷中の誰もが認める「いい奴」だァ。その二人の幸せのためとあれば、一両一分なんぞ端金《はしたがね》よォ。小太郎が四の五の抜かしやがったら、オイラがとっちめてやる）

その後も酒宴は延々と続いた。一座は杯を重ね、強《したた》かに酔った。円之助と偕楽も喧嘩を始める風はない。陽気で平和ないい酒だ。末席では、酔い潰れた喜衛門が大《おお》鼾《いびき》をかいている。

「偕楽も円之助も、オイラのゆうことをよおく聞くんだァ」

最前、喜衛門に振られた小肥りの女郎の肩を抱きながら、官兵衛が上機嫌で説教を始めた。

「いいかァ、二人とも、どんな仕事でも受けろよ。仕事をえり好みするなァ」

「へいッ。承りましたァ」

と、調子のよい円之助が頭をペコリと垂れた。

だが、芸術家気質の偕楽は「気乗りしない仕事に手は染めたくない」と頑なだ。

「御隠居様、手前は銭のために仕事してるわけじゃないもんでねェ」

「オイラ、別に銭の話をしてるわけじゃねェさ」

官兵衛が反論した。

「お前ェら二人、元は大変な才覚に恵まれて、一家を成した大御所だわなァ」

「いやいや、それほどでも」

円之助が月代の辺りを、指先でポリポリと掻いた。

「それが今は、少しだけ調子を崩してる。ほんの少しだけだァ」

「……それは」

円之助も偕楽も、項垂《うなだ》れて盃を膳の上に置いた。

「それをどうやって本調子に戻すか、って話だろ？　違うかい？」

「え、ま、そうなんですけどねェ」

「小さな仕事でも、気の進まねェ仕事でも、感謝されたり褒められたりすれば自信がつくだろ？　嬉しいもんだろ？　そうゆう小さな自信の積み重ねが、オイラ、大切だと思うけどなァ」

「や、他人様の毀誉《きよ》褒貶《ほうへん》は無関係ですわ。結局、内なる自分が納得できなきゃ始まらないんだから」

「馬鹿ァ、それを自家中毒ってゆうんだよ。お前ェの自惚《うぬぼ》れが、お前ェ自身を苦しめてることに気づかにゃ駄目だよ」

小肥り女を放り出し、膳を脇に除《の》け、偕楽に向き直った。

官兵衛、本気で説教を始める気のようだ。

「物事には段階がある。大店に勤めても、小僧から手代、番頭から大番頭へと段階を踏んでいくもんだ。絵師や役者だってそうだろう」

と、円之助に話を振った。

「手前の出自は、名門の大名跡ってわけじゃなくてねェ。最初はどうにもならねェ端役でしたよ」

「そんな端役で、がっかりしたかい？」

「や、嬉しかったねェ。初めて役を貰えたんで、一生懸命に務めました」

「偉いねェ。それでこそ後の円之助さんがあるんだよなァ」

「へへへ、恐縮でやんす」

と、照れた。

「手前も、最初はしょうもねェ滑稽本の挿絵《さしえ》を描かされてた。不細工な年増が裸で行水してるような、つまらねェ絵でした」

「偕楽師匠の志とは違う絵なんだろうなァ。やる気も出ねェわなァ」

「や、ま、やっぱり嬉しかったけどねェ」

「そこだよ、そこなんだよ、そこそこ。その初心に立ち返って、こつこつ自信を積み重ねていけば、じきにお前ェらも元の高みに戻れるって寸法だァ。よくゆうだろうが、小さなことからコツコツと、てな」

「そ、そんなもんですかねェ」

二人の芸術家が同時に呟いた。呆けたように虚空を見つめていた。酔い潰れた喜衛門が寝言を言い始めた。

「お、お熊ちゃん……お、重いよ。重い。ムニャムニャ」

（喜衛門の野郎、お熊に組み敷かれた夢をみてやがるなァ。案外こいつも助平なんじゃねェか？　ムッツリスケベなとこまで小太郎と一緒だァ、へへへ）

官兵衛、盃をグイと空けた。

五

その後の一ヶ月《ひとつき》は、動きがなかった。大矢家も店子たちも、穏やかな年末年始を過ごしたのである。

喜衛門とお熊の仲に進展はなかったし、仲人役ないしは時の氏神《うじがみ》を買って出た官兵衛もまた、積極的な行動には出ていない。

小太郎は、浴室の外での張り込みをしばらく続けたが、佳乃の方から丁重に断ってきた。騒動を好まない彼女は、暮れ六つ（午後六時頃）前に、入浴を済ませてしまうことにしたのだ。明るい内から出没する覗き魔もおるまい。

色魔退治に躍起となっていた小太郎は拍子抜けしたが、佳乃の対策は奏功し、それ以降、不埒者が出ることは一切なくなったという。

（賊を捕えないことには、根本的な解決にはならん。女の風呂を覗くような変質者が、我が屋敷内で野放しになっているのだからなァ）

と、大いに不満だったが、実際に賊は出ていないのだから手の打ちようもなく、小太郎としては静観するしかなかった。

そんなある日、小太郎は広縁に出て足の爪を切っていた。真冬ながらによい天気で、陽光に身を晒していると大層暖かく感じた。

ペチン。ポチン。

この時代、爪切りには普通の和鋏《わばさみ》を使った。現代のクリッパー型爪切りが普及するのは大正期以降である。

「よお、いいかい?」

との声に、顔を上げて見れば、庭を横切って官兵衛がニヤニヤしながらやってくる。手になにか持っている。

「ほら、これどう思うね?」

と、一枚の奉書紙《ほうしよがみ》を広縁に置いた。ちらと窺えば――浮世絵だ。女の肌、それも剝き出しの太腿が目についた。おそらくは春画《しゅんが》であろう。この時代には枕絵《まくらえ》とか笑い絵なぞと呼ばれ人気があった。

「なんですか、汚らわしい」

小太郎、不快そうに顔を背けた。

「なかなか艶《つや》っぽくていい絵じゃねェか」

「猥褻《わいせつ》です。私の趣味ではありませんね」

と、奉書紙を押し戻す手がピタリと止まった。目が絵に釘付けとなった。

「な、なんと淫《みだ》らな……」

若く美しい娘が草の上に横たわり、虎と狐に襲われている図だ。娘の小袖の裾は大きく割れ、虎が伸《の》し掛かり、娘の陰部に野太い陰茎を半分ほど挿入させている。さらに虎の威を借る狐は、娘の口を吸っている。しかも、女の顔は恍惚として喜悦に歪んでいるではないか。

「こ、こんなふしだらな絵を、柳営《りゅうえい》は許しているのでしょうか」

「馬鹿、石頭の幕府が許すわけがねェ。これは発禁絵さ。御法度破りの枕絵だァ」

浮世絵の版下絵（決定稿）が完成すると、版元（出版社）は町役人なり、地本問屋《じほんどいや》（絵草紙、滑稽本などの通俗書籍を扱った江戸御府内の版元兼書店）の当番なりにこれを提出する。提出された下絵は不適切な内容が含まれないかを吟味され、改印《あらためいん》を受けた後、初めて版木彫りなどの工程に進めるのだ。建前は町人による自主規制だが、南北町奉行所の目が光っており、事実上は幕府による検閲であった。

検閲の対象は、主に幕政批評と性的描写である。

虎が娘を犯して云々の絵が、許されるはずもない。ただ、禁じられれば禁じられるほど「見たい、読みたい、所有したい」となるのが人情で、枕絵、春画の類は発禁絵でありながらも地下で流通し、大人気を博す作品も多かったのである。

ちなみに、発禁絵（本）と「禁書」は微妙に異なる。禁書は出版販売はおろか、所有すること、読むことまでをも禁じられた書物だ。一方の発禁絵（本）は出版販売を禁じるだけで、個人として所有し、密かに楽しむ分には罰せられることはまずない。

「鶴屋《つるや》の初摺《しょずり》だぜェ」

鶴屋とは、鶴屋喜右衛門《きえもん》が営む老舗《しにせ》の版元だ。

初版の浮世絵は初摺と呼ばれ、特に珍重された。なにせ木版画だから版木の劣化が早い。幾枚も摺った後の「後摺《あとずり》」では、繊細なおくり毛の線などが不明瞭になってしまうからだ。さらに、初摺には絵師も立ち会うから、多色摺の色味が作者の指定通りになされる点も有難みが違った。

「凄《すげ》ェ人気らしいわ。鶴屋はまた一儲けだなァ。羨ましいなァ」

「お待ち下さい。初摺は二百枚ほどだと聞いております。もしこの破廉恥な浮世絵が本当に人気だというなら、なぜ父上の手元にあるのですか？」

初摺は貴重品なのである。発禁本であるか否かにかかわらず、金に糸目をつけない好事家は多い。

「理由《わけ》があるのよ」

と、広縁に座ったままの小太郎に顔を寄せ耳元で囁いた。

「この下絵を描いたのは誰だと思う？」

「え、ということは……」

「そう、歌川偕楽よ」

向かって左から三軒目の貸家に住む絵師の偕楽の作だというのだ。

一ヶ月《ひとつき》前、内藤新宿での酒宴で、円之助と偕楽は官兵衛から「初心に戻れ、仕事を選ぶな」と説教された。翌日、酔いが醒めた後、改めて「それもそうかな」と考え直した偕楽は、枕絵の下絵を幾枚か描いて鶴屋に持ち込んだのだ。そのうちの一枚が主人の目に留まり、年が改まっての年始第一弾として、鶴屋が密かに売り出したという経緯らしい。

「野郎はオイラの説教のお陰でまた絵筆を執る気になったんだ。偉《えれ》ェ感謝されてなァ。この一枚を御礼として持って来やがったわけよォ」

（なるほど、それで貴重な初摺が父上の手元にあるわけか）

一応の経緯は分かったが、小太郎としてはどうにも納得がいかない。

（私はこれでも、誠実に家主としての務めを果たしているつもりだ。しかし、店子たちからはなんとなく好かれていない。煙たがられている。むしろ、家主としての自覚など皆無な父上の方が、こうして感謝されたりする。猫も懐いてる。父上の人生、無手勝流《むてかつりゅう》というか、なんでもかんでも棚から牡丹餅《ぼたもち》だからなァ。楽でいいよなァ。羨ましいなァ）

なんぞと、心中でいじけていた。

「どうぞ宜しくお願い致しまする。御免下さいませ」

庭を隔てた偕楽の家の玄関から、中年の町人が二人出てきて、屋内に向かい慇懃に頭を下げた後、門の方向へと歩み去った。如何にも裕福な旦那衆といった風情の二人組だ。

「あの手の客が毎日、偕楽を訪ねてくるんだよ」

「誰です？」

「絵草紙や浮世絵の版元だわなァ。絵師なんてものは、一旦売れると、ああして客が日参するようになるんだ」

歌川偕楽は、元々美人画の絵師として売れっ子だったのだ。不調になり、しばらく消えていたが、また絵筆を執り、今度は枕絵の絵師として返り咲いた。それを聞いた往年の贔屓《ひいき》筋《すじ》が、戻ってきているようだ。

「偕楽殿にとっては、とてもよいことなのでしょうなァ」

「おうよ。いいことさ」

「ただ、大矢家の店子が、発禁画の下絵を描くというのは、これは如何なものでしょうか」

小太郎が浮世絵を取り上げて、まじまじと眺めた。見れば見るほど淫靡《いんび》で退廃的な絵だ。小太郎の背筋がブルッと震えた。

「我が家の店子の再起がかかってる。応援してやんなよ」

「そうしたいところですが、もし、御番所が異を唱えてきたら如何されます？」

「知らねェ。なんとかなるさ」

と、倅の手から浮世絵をサッと取り上げた。

「これはオイラんだ。どこぞの助平な金持ちに高く売りつけるんだからよォ」

「父上……」

「なんだよ。あ、これ欲しいの？　小太郎ちゃん、あんたも好きねェ」

と、枕絵を小太郎に向けて振って見せた。

「ほ、欲しくなんてありませんよ」

と、目を剝いたが、小太郎の脳裏には於金の顔が浮かび、憎々しげに睨んで「このムッツリスケベ」と吼えた。

「私は『なんとかなる』では済まないと思います。あまり突出して人気が出ると御番所に目をつけられないかと心配で……」

「無理しちゃってェ。本当はこの絵を見て、興奮してたんじゃねェのか？」

と、下品な笑い声を残し、枕絵を手に意気揚々と引き上げていった。

（まったく父上には困ったものだ。それにしても、あの絵、大丈夫かなァ）

ま、葛飾北斎以下、著名な絵師たちも発禁とされる枕絵をあちこちで描いているのは事実だ。幕政批評の書籍となれば目くじらを立てる町奉行所も、性的な表現には見て見ぬ振り——比較的寛容なのである。

「それにしても、獣が人の娘を……一体どういう発想をすれ……ん？」

ふと思い当たった。

（待てよ。あの絵は確か……）

陽だまりの広縁で、思案顔の小太郎が小首を捻った。

六

絵師歌川偕楽の家を訪れる版元たちの姿が、途切れることはなかった。開かれた障子越し、庭の彼方を眺めれば、鼠《ねず》の羽織姿の旦那衆が幾人か、偕楽家の玄関から出たり入ったりしている。ちなみに、鼠色は灰色と同義であるが、火事を恐れた江戸庶民が「灰」という文字を嫌い「鼠」と呼んだらしい。

（絵筆を執る気になれたのは目出度《めでた》いし、それが売れたのは結構なことだが、絵の題材が枕絵というのは、ちと頂けない）

文机上で大福帳に筆を入れながら、小太郎は心中で舌打ちした。

（女子《おなご》を描くにしても、美人画なら別に問題ないのだがなァ）

着物を着ているかいないかの違いだけで、意味は大きく異なる。元々偕楽は「着物を着た女」を描いていたのだ。それを何故、物議をかもす春画など描き始めたのだろうか。

（父上は別段「枕絵を描け」とけしかけたわけではない。「仕事を選ぶなと説教しただけ」と仰っていたからなァ）

春画を描いたのは、あくまでも偕楽の意思らしい。

（美人画に戻るよう偕楽殿を説得して……私が言うより、父上に頼んだ方がいいのかな？　酒席で説教をした行きがかりもあろうし、三毛猫との相性もある）

年が改まっても、三毛猫レイと小太郎の仲は相変わらずよくない。険悪だ。小太郎の方は然程でもないのだが、猫の方が小太郎を毛嫌いしている。かなり社交的な猫で、実家である偕楽家のみならず、佳乃家、円之助家、敷島斎家、母屋では小太郎の居室以外のすべての場所に出没しているらしい。主人偕楽を殴った小太郎、博徒で荒っぽい相模屋一家、猫の腑分けに執念を燃やす洪庵——その三ヶ所には一切近寄らないところが、なかなか賢い猫のようだ。

折しも今、三毛猫は母屋を訪れていた。官兵衛の居室から厨に向かおうと、小太郎の部屋の前を歩いている。真っ直ぐ前を向いて室内の小太郎を無視、広縁をスタスタと歩み去ろうとしていた。

「おい、レイ」

そう声をかけると足を止め、こちらを向いた。畜生ながらに、己《おのれ》の名前が「レイ」であると知っているらしい。やはりこの猫、ただ者ではない。

「この屋敷の主は私なのだぞ。礼儀を知らん奴だ。挨拶ぐらいしろよ」

挨拶の代わりに、三毛猫は牙を見せ、背を丸くして「シャ――ッ」と唸った。

（駄目だな、こりゃ）

猫が歩み去ると、代わりに官兵衛が、霰小紋《あられこもん》の羽織をぞろりと着こなした三十前後の男を連れ、庭からやってきた。

「こちらは鶴屋の旦那、喜右衛門殿だ」

官兵衛が紹介した。

（鶴屋喜右衛門だと？　偕楽が出した枕絵の版元ではないか）

「お殿様、鶴屋喜右衛門と申しまする」

男は、庭から小太郎の部屋へと上がり平伏した。

「大矢小太郎です。あ、お殿様より小太郎と呼んで下さい」

「では、小太郎様」

ニコリと笑った。覗いた歯が白い。立ち居振舞いから才気が滲《にじ》み出ている。男にも女にも好かれる性質《たち》と見た。

「本日は、歌川偕楽先生について、家主であられる小太郎様にも一言御挨拶してお くべきと思い立ち、お目にかかれるよう御隠居様に仲介をお頼みした次第にござい ますする」

鶴屋は十七世紀の中頃、万治《まんじ》年間に江戸店を開業して以来の老舗版元である。出自は京の都だ。数々の人気作、話題作を世に問うたが、実は最近、ちと元気がない。十年前の天保四年(一八三三)に先代の喜右衛門が急死し、その翌年には日本橋界隈の大火事で店舗が焼けた。窮地を脱するべく枕絵にも手を出したが、昨今は幕政改革の嵐が吹き荒れており、贅沢の禁止、綱紀粛正《こうきしゆくせい》が叫ばれている。結果として鶴屋は幕府から目をつけられてしまった。色々と大変なようだ。

「枕絵を含む浮世絵なぞと申すものは、決して贅沢品ではございません。庶民のささやかな息抜きにございます」

穏やかな物言いだが、聞き様によっては幕政批判をしているのかとも受けとれる。

幕臣として座視できない。ま、店子である堀田敷島斎は、幕府転覆をも視野に入れて砲術を研究中らしいが。

「贅沢品だからというより、善良の風俗に反するということで、枕絵は厳しい目を向けられていると思いますが」

「その通りでございます。ただ、昼日中《ひるひなか》に婦女子《ふじょし》の目につく場所で売り買いする品ではございません。好事家の間で密かに流通するものであり、風紀を乱すとまでは思っておりません」

喜右衛門は力説した。弁もたつようだ。往時の浮世絵は、二十文（約三百円）から高くても四十文（約六百円）ほどで買えたし、春画が店舗で大っぴらに売買されることはなかった。

「鶴屋殿の仰ることは理解します。ただ、一応当家は三河以来の直参、今は無役ですが、いずれはお城の本丸御殿でお役につきたいと希望しております。その家の店子が発禁絵に携わっているというのは些《いささ》か……」

「勿論そうでございましょうとも。手前もお旗本のお屋敷で発禁絵を描くのは差し障りがあろうかと、偕楽先生に引越しをお勧めしたのでございます」

（うん、それは助かるなァ）

心中でほくそ笑んだ。三毛猫を含め、色々と事情を抱えて面倒くさい偕楽だ。彼が貸家を出れば、厄介払いができる。大助かりだ。大矢家の立地は駿河台の一等地である。旗本屋敷の貸家で月の店賃が二両（約十二万円）なら——偕楽の場合は、猫の迷惑料を含めて二両二分（約十五万円）だが——良心的な賃料だ。偕楽が退去しても、他に入居者は幾らでもいるだろう。

「で、偕楽先生はなんと？」

「それがですなァ」

偕楽は首を縦には振らなかったというのだ。

「偕楽先生は、このお屋敷でなければ『描けない』とハッキリ仰いました」

「どうゆう意味です？」

「だからよォ」

訊いてもいないのに、横から官兵衛が嘴を入れてきた。

「偕楽が再び絵筆を持つ気になったのは誰のお陰だ？　このオイラさ。ヤツはオイラに心酔《しんすい》してるんだよォ。オイラがいなきゃ描けない、官兵衛様の傍でなきゃ描けない。分かってやれよ。奴ァそう言いたいんだ」

「多分、違うと思いますよ」

「な……ふん」

倅から言下に否定された官兵衛、臍《へそ》を曲げ、そっぽを向いてしまった。

小太郎には、およその見当はついている――佳乃だ。

偕楽は明らかに佳乃に恋している。恋焦がれている。彼が「ここでなければ描けない」と言うのは、つまりは「佳乃の傍でなければ描けない」「描く気になれない」と言っているのに等しいのだ。

「偕楽先生は枕絵でなければ駄目なのですか？」

いじけてしまった官兵衛を放っておいて、小太郎が鶴屋に質した。

「先生、元は美人画を描いて、大層な売れっ子だったと伺いましたが」

「その通りです。美人画家としての偕楽先生の才を惜しむ贔屓筋も少なくない。ただ、一応は枕絵で売れましたからねェ。しばらくは、この線で押したいのが我ら版元の本音でございます」

「下手に方向性を変えて、コケたら困ると？」

「身も蓋もございませんが、仰る通りです」

「ご事情は分かります」

しばし気まずい沈黙が流れた。

「御禁制の枕絵でさえなければ、この屋敷で思う存分に絵筆を揮《ふる》ってもらって構わないわけでねェ」

「然様ですなァ」

さらに、沈黙が流れた。笑顔こそ絶やさないが、鶴屋には譲る気がまったくないようだ。売れる絵師がいて、「この屋敷でないと描けない」と言い出しているのだ。版元としては退くに退けないところなのだろう。

「私に絵画を語る資格などないが、家主として偕楽殿と付き合う中で、若干感じることもある。今の偕楽先生なら、美人画を描けるのではないか。否、枕絵より、美人画こそより良いものが描けるはず。そんな気がしてならないのです」

「その根拠は?」

鶴屋が身を乗り出した。

「恋ですよ」

「こ、恋？」

「冬にあらいで食うと美味い奴だな？」

「それは鯉ッ」

場違いな勘違いをした官兵衛を厳しく睨みつけ、さらに言葉を続けた。

「目下偕楽殿は、誰とは言わぬが、ある女性《にょしょう》に恋心を抱いておられる」

「ほおほお」

偕楽は、惚れた女に裏切られたことから女性不信に陥った。女性の醜さを知ったことから美人画を描くことができなくなったのだ。そして、今の彼は恋をしている。その想いと情念の強さは、お松から「恋をしたことがない」と酷評された朴念仁の小太郎にもよく伝わってくる。

「ただ、相手には別に男がいる。偕楽殿にしてみれば叶わぬ想い、実らぬ恋だ」

「紅蓮《ぐれん》の炎が燃え上がりましょうなァ」

「その燃え上がった情念が、偕楽殿をして絵筆を執らせた。結実したのが件の枕絵です」

「なるほど。それで得心が参りました」

鶴屋は幾度も頷き、言葉を継いだ。

「実は、手前が先生の下絵に『これだ』と感じ入った点は、虎の顔でした」

「別嬪《べっぴん》を犯している虎の顔かい？」

興味津々の官兵衛が質した。

「はい。もの凄い迫力で恐ろしいほどだった。『この画力、この情念の強さなら絶対に売れる』と確信しました。さてはあの虎、想いを遂げられない偕楽先生のもどかしさの化身であったのかと」

小太郎は「少し違う」と感じたが、あえて鶴屋の言葉を否定しないことにした。

「紙一重だと思うのです。叶わぬ恋は枕絵では劣情に堕ちたが、偕楽殿の中で、ほんの僅か思想の転換がなされれば、相手を菩薩か弁天のように、偶像化、理想化することにも可能なはずです」

「確かにそうだ。女神への恋は成就しないが、それでも人は女神を追い続けるものですからな」

鶴屋が目を輝かせている。

「然り、然り」

偕楽の頭の中で恋する娘を理想化し、菩薩か弁天のように「手は届かぬが、光り輝く存在」とすることができれば、それこそまさに、美人画の究極にあるものだ。

「その想いを絵筆に託せば、傑作が生まれないはずがないではないですか」

と、そんなことを伝え、鶴屋も「偕楽先生に美人画転向を持ちかけてみます」と約束してくれた。

第四章　虎の顔

一

「困りましたねェ」

　佳乃は助けを求めるように、傍らのお道を見た。

「婆は、小太郎様の御提案に大賛成ですわ。このままでは埒が明きませんもの」

「有難う」

　佳乃家の座敷、上座から小太郎がお道に会釈した。

「ね、佳乃殿、簡単なことですよ」

　今度は佳乃に向き直り、語り始めた。

「風呂の時間をもう少し遅くして、元のように日が暮れてから入浴して頂く。それだけでいいのだ」

そうすれば、灯火《とうか》に吸い寄せられる夏の虫の如く、覗き魔は劣情に負けて浴室に姿を現すだろう。そこを小太郎が捕縛する。

「でもね……」

佳乃が嘆息を漏らした。俯き加減の横顔はあくまでも清楚で美しく、小太郎の男を強く刺激した。

「覗きという行為を罰するのが目的ではありません。行為の背後にある性的嗜好の歪みを正し、教導《きょうどう》できればと考えております」

「随分と難しいのですね」

「ぶっちゃけて申せば『厳しく説教する』ということです」

「佳乃様、これはむしろ人助けでございますよ」

横からお道が助け舟を出してくれた。猛烈なお喋りで「喧しいだけの老婆」と苦手意識をもっていた小太郎もこれには感謝だ。

「殿様の御指導により、もし覗き魔が反省し、更生できれば、人一人の人生を救うことにもなりましょう。是非、我々も協力致しましょうよ」

「そ、そうですね」

困惑の佳乃はしばらく考えていたが、やがて顔を上げ、小太郎を真っ直ぐに見た。

「一つだけお願いがございます」

「なんでしょう」

「決して、乱暴をなさらないこと。刀や木刀はなし。拳骨も駄目。勿論、蹴るのもいけません。もしお約束頂けるのなら、今宵からきっかり五つ（午後八時頃）に入浴するように致します」

「分かりました。殴る蹴るは無し。約束しましょう」

一応は受け入れた。不埒者が抵抗したらどうするのか、匕首《あいくち》でも抜いたらどうするのか、と不安と不満は山ほどもあったが、ま、仕方ない。

その夜、例によって丹前と湯たんぽで武装した小太郎は、佳乃家の浴室の外で警戒にあたった。

ゴ――――ン。

南東の方角から夜の五つを告げる鐘が響いてきた。日本橋本石町《ほんごくちょう》の時鐘だ。駿河台にある大矢屋敷からは、直線で十五町（約千六百メートル）ほどしか離れておらず、空気の澄んだ冬の夜などには、特によく聞こえた。

三度撞かれる捨て鐘が鳴り終わらぬうちに、佳乃家の浴室に灯りが点った。

（ハハハ、佳乃殿は几帳面な方だなァ）

真面目で几帳面、寡黙な理想主義者で、嫌いなものは博打と暴力――そんな健気な佳乃が、元は伝法で名を馳せる辰巳芸者で、今では「中年男の囲われ者」というのは、どうした運命の悪戯《いたずら》であろうか。

最近は件の幕政改革に忙しく、本多豊後守は佳乃家をあまり訪問していない。旦那の足が遠のいた妾は苛つき、精神的に不安定になるとも聞いたが、佳乃に限ってはそんな様子も見えない。

（芯が強いというより、芯が柔軟で折れにくいのだ。なんだか、いいよなァ）

カポ――――ン。

浴室で桶が鳴った。

（いくら不埒者が助平で酔狂でも、流石《さすが》に初日から出ることはあるまい。ま、明日以降が勝負だろう……って、おいッ！）

五間（約九メートル）先の藪に、白狐の面が見えた。覗き魔、早速に登場である。

（あんの変質者が！　や、慌ててはならん）

怒りに駆け出しそうになるのを自重した。

（動かぬ証を押さえねばならぬからな。奴が蔀戸から浴室内を覗くまで待って飛びかかろう）

と、茂みの中で息を殺していた。

白狐の面を被った不埒者は、辺りに人影のないことを確かめると、大胆に藪から出て、フラフラと浴室に向かい歩き始めた。

（まだまだ、まだまだ）

じっと辛抱の裏側で、小太郎もまた佳乃に恋心を抱いている。たとえ一瞬でも、変質者の覗き魔に好きな女の裸身を見せる気はなかった。小柄な覗き魔が背伸びをして、蔀戸の木枠に手を掛けた瞬間、丹前を脱ぎ捨てて飛び出した。

「そこを動くなッ！」

「あ？　ち、違うんですよォ」

なにが違うのか知らないが、狐面の男がそう叫んで逃げ出した。小太郎がすぐに追いつき、肩を摑むと、狐面は身を捩《よじ》って小太郎の手を振り払い、逆に殴りかかってきた。窮鼠猫を嚙むだ。

(なんのこれしき)

余裕でかわした。繰り出した拳が空を切り、勢い余った覗き魔がたたらを踏む。隙だらけだ。蜂谷を殴るもよし、首を横から殴るのも効く、脇腹に拳を叩き込んでもいい。ただ小太郎は「殴らない、蹴らない」と佳乃に約束している。

(糞ッ。仕方ないなァ。エイッ)

足を足で払うと、四つん這いになって無様に倒れた。すかさず背後から馬乗りとなり、右腕を捻り上げた。

「イテテテテテ」

覗き魔は観念したようで、すぐに力を抜いた。

「あの……」

外のただならぬ気配に、佳乃が浴室内からおずおずと声をかけてきた。

「大丈夫、賊は捕えました」

覗き魔の背中で、意気揚々と小太郎が答えた。

「勿論、殴っても蹴ってもおりません。これから母屋に連行して鋭意説諭します」

「よ、宜しくお願い致します」

姿は見えぬが、裸の麗人が感謝してくれた。小太郎は大満足だった。


母屋の自室で狐の面を剝ぎ取ると、睨んだ通りで、覗き魔はやはり偕楽だった。

（ふん、端からそうだろうと思っていたのだ）

件の春画で、娘の口を吸っていたのは狐だった。そして、佳乃の風呂を覗いた不埒者は、白狐の面を被っていたと彼女は証言した。つまり狐とは、佳乃に恋い焦がれる偕楽の現身《うつしみ》であり、虎に犯される娘の手本は、やはり佳乃に相違ない。

（では虎は誰だ？　偕楽の現身ではないのか？）

ま、それは後にしよう。

「偕楽殿、見損ないましたよ！」

小太郎が少し声を荒らげた。まずは説教から始めることにした。

「め、面目ないです。只々佳乃様への恋しさが募りまして、つい魔がさしました」

「つい魔がさした？　その割には、幾度も覗いてますよね」

「面目ございません。幾度も魔がさしました」

「恋は言い訳にはなりませんよ。恋した男が誰も彼も、好いた女の風呂を覗くわけではないのだから」

「そりゃ、そうです。御説の通りで」

人気絵師、平謝りである。

「貴公は元々、着物を着た女子《おなご》を描いていた美人画の絵師のはずだ」

「然様でございます」

「それが今は、着物を着ていない女子の絵を描いておる。画風の変化と風呂覗きとの間に繋がりはあるのか？」

「当然ございます。手前は、題材というか手本と申しますか、対象を見てしか描けません。世の中には妄想の中で勝手に描ける絵師もおるやに聞いておりますが、手前の場合は……」

「見なきゃ描けない。だから覗いた？」

「へ、へい」

「でも、それはおかしいのではないか？　貴方が枕絵を描く気になったのは父と呑んだ後のことだと聞いている。しかし、その前から覗いていたのでしょう？」

「それはですね……」

しばらく考えてから偕楽は答えた。

「内藤新宿以降の覗きは枕絵を描くため。それ以前の覗きは、単なる劣情のはけ口と申しましょうか……」

「目的が違うということか？」

「御意ッ」

と平伏した。一応、辻褄が合わないこともない。ま、いいか。

「それで……やはり、虎に犯されておる娘の手本は、佳乃殿なのか？」

顔を近づけ、声を潜《ひそ》めて質した。

「申しわけないことながら、お察しの通りで」

「描くためには、じっくりと観察したい。だから狐の面を被ることを思いついたのだな？」

「畏れ入りました」

「ならば訊く。口を吸っている狐は貴公自身なのか？」

「ぎょ、御意ッ」

心底を見抜かれ、観念したように頷いた。

「ただ、そこから先が私にはどうにも分からん。惚れた女子を虎に凌辱させ、自分は接吻《せっぷん》だけで満足するのか？　本来ならば貴公の化身である狐が娘を……や、ま、その辺はどうなのだ？」

「よく分かりません。でも、虎と狐の役割は手前の中ではあの通りでして」

「貴公はつまり、惚れた女子を他人に凌辱させ、それを見て興奮すると申すのか？」

「び、病気なのでございます。心の病に相違ございません」

と、泣き崩れた。しばらくは手がつけられなかったが、少し落ち着くのを待って、言葉をかけた。

「男とは、心中でとんでもなく恥ずかしい妄想を、始終かき立てているものだ。私にも多少の覚えがなくもない。ただ、それは表に出してはならぬことではないのか。観念を表出させた時点で世間との軋轢が生じるのは仕方なかろう。心の内に秘めておくべきことだ」

「仰る通りで」

——空疎な沈黙が流れた。

「貴公は美人画に戻るべきだ」

小太郎が説教を再開した。

「幕府は今後も綱紀粛正を進めていく。発禁絵の仕事はいよいよ難しくなるぞ。下手をすれば、死罪まではなくとも、敲《たた》きか、手鎖の刑にも処されかねん。もし江戸追放となれば、恋しい佳乃殿にも会えなくなるぞ」

「そ、それは困ります」

「その点、美人画なら幕府も然程には問題視しない。貴公は服を着た佳乃殿を描け。そうすれば風呂など覗かずとも描けるはずだ」

「でも、今さら美人画など、手前に描けましょうか」

「貴公は、女子の醜悪さを知り美人画を描けなくなったそうだな。女子への遺恨から、獣に凌辱させるような酷い絵を描く気になったのかも知れん。しかし、今や貴公は佳乃殿を知っている。貴公に訊こう」

「へへへ」

「なにが可笑しい！　痴《し》れ者が、駄洒落《だじやれ》ではないわ！」

小太郎の言葉を「笑うべき冗談」と誤解した偕楽が笑ったので苛ついた。仕切り直しである。

「貴公に尋ねよう。佳乃殿は虎に犯されねばならぬほどの悪女か？」

「とんでもございません。それこそ手前には菩薩様のような存在にございます」

（出たな菩薩。他に弁天も天照神もいるぞ）

「ならば、貴公はもう『女子とは』とひと括りにして考えることはあるまい。人も色々、女も色々、見た目は美しいが心の卑しい女もいる。その逆もまた真なり。『女は心が醜い』ではなく『心が醜い女もいる』。そこに気づいた貴公は、必ずや美人画を描ける。姿ばかりではなく、心も綺麗な女子を見極めて描けばよいのだからな。たとえば？」

「佳乃様のような」

「然り。貴公は今後、服を着た佳乃殿を描け。今彼女を菩薩に準《なぞら》えたろ。そこだよ。着物を着ていても、内面から滲み出る高貴さ、徳の高さ、美しさを描くのだ。大体貴公は、有難い女神様の風呂を覗きたいと思うのか？」

「いえ滅相な、神仏の罰が当たります。目が潰れます」

「そうであろう。偕楽殿、もう二度と、佳乃殿の風呂は覗かんな？　もし覗けば、貴公の想いはその程度のものと私は受け取るぞ」

「承知しました。二度と覗かぬとお約束させて頂きますが、ただ一点だけ」

偕楽は、枕絵を「今すぐに止めるわけにはいかない」と言い出した。

「鶴屋さんだけでなく、方々の版元様と約定を交わしておりますので……」

「そこは分かった。ただ、奉行所に目を付けられるような過激な表現は慎めよ」

「神仏に誓いまする」

「では確認しよう」

第一に佳乃の風呂は覗かない。これは絶対だ。第二に、最終的には美人画を目指すが、当面は枕絵も描く。

(この辺が落としどころかな)

「すべて、お約束させて頂きます」

と、絵師が平伏した。

（取り敢えずは一件落着かァ）

「話は変わるが、一つ伺いたい」

「へいッ」

「あの枕絵の虎は誰だ？　貴公は誰を想定して描いたのか？」

（私だと言われたらどうしよう。枕絵に登場などしてしまったら大矢家の面目は丸潰れではないか）

小太郎は偕楽を一度殴っている。その際の恐ろし気な顔を想起し、無慈悲な凌辱者に準えた、有り得なくはない。

「言いたくございません」

「なぜ？」

「なぜって、小太郎様には特に申したくありません」

「まさか、虎の手本は私か？」

「いえ違います。そういうことではございません」

「確かに違うのだな？」

「違います」

ま、自分でさえなければ誰でもいい。これにて、偕楽を解放した。

二

その翌朝、官兵衛は腕枕で居室の広縁に寝ころび、鼻毛を抜きながら冬枯れの庭をのんびりと眺めていた。

キ――――ッ。キ――――ッ。

満開の梅の梢で鵯鳥《ひよどり》が盛んに鳴いている。まだまだ寒い。

官兵衛の視線の先、小太郎が忙《せわ》しなく各貸家の間を行き来している。

まず、佳乃家に行き、すぐに出てくると洪庵家へと入った。次は相模屋に短時間だけ立ち寄って、また出てきた。

(朝から忙しないこったなァ)

相模屋から出てきた小太郎は、庭を横切って自室へと戻りながら、広縁上に官兵衛の姿を認め、満面の笑みでペコリと頭を下げた。

(なんじゃゃ、あの笑顔は……いい機嫌じゃねェか。ふん。小太郎も、まだまだだな

ァ。覗き魔一人捕まえたぐれェがなんだってんだい。そこまで増上慢になれるもんかねェ。男はもそっと謙虚でなけりゃ駄目だァ)

実は官兵衛、少々臍を曲げている。覗き魔が捕まったのも、それを小太郎が捕まえたというのも喜ばしいことだが、そこに自分の出番はまったくなかった。倅一人が活躍した。そこが少しだけ面白くない。

(大方、佳乃殿から『有難うございます。小太郎様って頼りになるのねェ。見直しちゃったわァ。素敵ィ』とか言われ、脂下がり、逆上せ上がっているんだろうよォ。小太郎の奴、まだまだ器が……)

ブチッ。

「あ、痛ッ」

伸びた鼻毛を一本だけ抜いたつもりが、数本をまとめて抜いてしまった。さらに、その中に幾本かの白髪が交じっているのを見て、心までがひりひりと痛んだ。

(糞ッ、嫌になっちゃうなァ。オイラも若くねェ……もう四十一だからなァ)

——本当は四十三歳である。

広縁の彼方から於金がやってくるのが見えた。繊細な縦縞の唐桟《とうざん》を粋に着こなしている。この時代、幕府の方針は質素倹約だ。町娘が絹の着物などを着ていると奉行所界隈から目をつけられかねない。そこで、富裕層の間では「高価な綿織物」が流行《はや》っていた。唐桟は、綿製桟留縞《さんとめじま》の最高級品で舶来物だ。詰問されても「これは綿にございます。絹ではございません」と言い訳が利く。

(於金坊、可愛いよなァ。どうすっかなァ。まだ十九だもんなァ。惜しいけど、やっぱ小太郎に譲った方が穏当かなァ)

繰り返すが、於金と官兵衛は文の遣り取りなどして真剣交際中である。ただ、於金の父親である山吹屋銀蔵は「嫁にやるなら、御当主様(小太郎)に」との立場を今も崩していない。

(夫婦は好いた惚れたより、釣り合いの方が大事だって言うしなァ。オイラよりは小太郎の方が釣り合い的には……)

「か〜んちゃん!」

と、頭の上から華やいだ声に呼びかけられた。

「於金坊、来たのかい」

官兵衛、指先で摘まんだ白髪交じりの鼻毛をフッと吹き飛ばし、身を起こした。

「こんな吹きっさらしで寒くないの？」

「オイラ、暑がりだからよォ」

「アタシ、寒がりだよ」

「お、そりゃあいけないねェ」

と、二人して部屋に入り障子を閉めた。

「ほら、手あぶり（一人用火鉢）使いなよ」

「有難う。官ちゃん優しいから好きィ」

手あぶりを引き寄せながら、ニッコリと微笑んだ。艶やかな笑顔だ。

（か、可愛いなァ。今日あたり、味見しちゃおっかなァ。や、まずは小太郎と於金坊をくっつけてからだァ。味見はその後の方がいい。それが常識ってもんだァ）

——一体全体、なにが常識なのだろうか。

「あのさ、小太郎もよォ、ああ見えて寒がりなんだぜェ」

オズオズと水を向けてみた。

「へえ」

まったく興味が湧かないようだ。

「於金ちゃんさァ。夫婦なんてものは、毎日同じものを食って、同じ部屋で眠るんだァ。暑がり寒がりとか、納豆が好きとか嫌いとか、そおゆう基本的な暮らしぶりで趣味が合う方が都合いいんだぜェ」

「小太郎、納豆好きなの？」

官兵衛は納豆が大の苦手だ。逆に於金は大好物で、幾度か言い争いになりかけたこともある。

「あいつ、食い物の好き嫌いとかは一切ねェから」

「好き嫌いないの？　なんでも食うわけ？」

「うん。『美味い、美味い』ってなんでも食うよ」

「ふん、なにが楽しくて生きてんだろ」

吐き棄てるように言った。

「でも逆に、なんでも美味くて幸せじゃねェか？」

「そうかなァ。なんでも美味いっていう奴は、なに食っても大した違いがないって言ってるのと同じだから、つまり馬鹿舌なのよ」

「ば、馬鹿舌」

（確かに、小太郎の野郎、以前「沢庵と豆腐の味噌汁だけあれば、私は一生満足です」とか抜かしてやがったなァ。オイラ「こいつ、馬鹿なんじゃねェのか」と真剣に悩んだもんなァ）

「小太郎、さっきから庭をウロウロしてるようだけど、あれなにしてんの？」

「実は昨夜、奴が覗き魔をとっ捕まえたわけよ」

「の、覗き魔を捕まえた？　女の敵はどこのどいつ？」

「それが小太郎の奴、下衆野郎が誰か言おうとしねェんだ。店子に若い娘が一人いるだろ」

「知ってる。挨拶したよ。あの娘、幕府のお偉いさんのお妾なんでしょ？」

「こら、頼むからそういうことは他所で言ってくれるなよ」

佳乃の「旦那」である本多豊後守は、正妻である先代将軍の娘の悋気《りんき》を極度に恐れており、佳乃を囲っていることなどが露見すれば、一発で離縁され老中退任、下手をすれば改易もあるそうな。

「で、その妾の風呂を覗く不届き者がいた。小太郎は連夜張り込み、ようやく昨夜、捕縛となったのよ。それで関係各所に報せて回ってるらしいわ」

もう覗き魔に怯える必要はない旨を佳乃とお道に伝え、あらぬ疑いをかけて済まなかったと相模屋へは謝罪に赴いたようだ。

「へ～、小太郎としては、お妾を守ったことでお偉いさんに恩を売り、美味しい目を狙ってるんだ。案外、あいつもやるじゃん」

「駄目だよ。そんな、お妾の裸を誰かに見られたってだけで、五郎左……や、お偉いさんは頭に血が上っちゃうんだから。この屋敷ごと焼き払われかねねェ」

「あらま」

「ただ、ま、覗き魔を小太郎が捕えたことは紛れもない事実さ。於金ちゃん、小太郎のこと、ちったァ見直してくれたかい？」

「え？」

於金が小首を傾げた。

「官ちゃんってさァ、アタシと小太郎をくっつけたいわけ？」

円《つぶ》らな瞳が、官兵衛の放蕩で濁りきった目を覗き込んだ。

「そりゃ、於金ちゃん次第だよ。無理強いはしねェ。でもさ、お父っつぁんもおっ母さんも、隠居の嫁より、一人娘は旗本当主の嫁になってもらいてェ、それが人情、否、親心ってもんだと思うぜェ」

「そりゃ、私もそう思うけどさ」

と、柄にもなく、しんみりとしている。いつもの「アタシ」が「私」になっているのは驚きだ。大方、官兵衛との交際を両親から反対され、盛大に泣かれているのだろう。

「於金ちゃんさえ頷いてくれて、山吹屋さんたち周りが皆、喜んでくれるんなら、オイラ、潔く身を退くよ」

と、於金の手を両手で押し包むように握り、じっと目を見た。

「でも私、小太郎に全然ときめかないのよ。そりゃ、ちゃんとしてるとは思うけど、だからなに？　みたいな」

「於金坊、亭主選びは遊びじゃねェんだから。ちゃんとした男が一番いいんだよォ」

「分かるけど、小太郎は真面目で面白味がないし。もう少しグレてた方が……やっぱ、官ちゃんの方がいい。男として迫力がある。断然官ちゃんの方がときめく」

と、官兵衛の手に己がもう一方の手を重ね、二人は見つめ合った。

「ほ、ほんとかい」

脂下がる四十三歳。

（これ、案外やり様によっちゃ、八方上手いこといけるんじゃねェかなァ）

官兵衛、回らぬ頭を精一杯に回して考えてみた。

（小太郎は聖人君子を装ってるだけで、その実、なかなかのイカサマ賭博師だァ。オイラみたいな「博打が趣味」って可愛い素人とはわけが違う。ゴロツキも一目置く凄腕よォ。於金坊はどっちかと言えば悪党に惹かれる性質だァ。世間知らずの若い娘にはよくあることさ。意外に小太郎を知れば知るほど、メロメロになるんじゃねェのかなァ）

逆に小太郎は、仄かな恋心を寄せる佳乃からは本質を簡単に看破され、軽蔑されて困っているようだ。

（ならよォ。オイラとしたら早いとこ、於金ちゃんを食っちまった方が、色々と得ってもんだわなァ）

官兵衛と於金は「交際中」だが、この時点で「閨の関係」はまだない。

（オイラは、於金ちゃんの若い体を十分に楽しんでよォ。飽きた頃に小太郎の野郎に押し付けちまえばいいんだァ）

──悪魔である。人の皮を被った獣に相違ない。

(野郎は女に飢えていやがるから、尻さえ丸きゃなんでもいいんだァ。オイラは、また別の女に行けるしなァ、ゲへへへ)

「あ、官ちゃん、今、よからぬこと考えてたでしょ?」

「へへ、バレたかァ。おっちゃん、悪い男なんだよなァ」

と、於金を抱き寄せ、唇を吸おうとした刹那──

「御免」

障子の外から無粋な声がかかった。

「御隠居様、敷島斎です」

「お、おお……ちょ、ちょっと待ってくんなァ」

と、舌打ちし、未練とともに於金に巻きつけた腕を解いた。

三

「オイラに助言だと?　あんた、正気かい?」

官兵衛は本気で目を剝いた。

羽織袴姿の敷島斎を前に、上座で胡坐をかいている。横からは於金がしな垂れかかり、時折官兵衛の耳に吐息を吹きかけるので、その度に彼はゾワッと身震いせざるを得なかった。

「はい。手前の門人たち、いずれも優秀な学生なのですが、如何《いかん》せん不勉強。空理《くうり》空論《くうろん》ばかりを唱え、書物から学ぼうとしません」

「それはお困りだろうが、なんで相談の相手がオイラなの？」

官兵衛は相当な自信家だ。「オイラに任せとけ」が口癖でもある。ただ、敷島斎は学者だから、極めて学術的な質問、専門的な相談かも知れない。もしそうなら、流石に自分の手には余ると感じ、腰が引けているのだ。

「オイラ、書物と言えば絵草紙専門よ？」

絵草紙は、草双紙とも呼ばれた「挿絵入りの通俗的な読み物」全般を指す。赤本《あかほん》、黒本《くろほん》、青本《あおほん》、黄表紙《きびょうし》などが流行り、天保期の昨今は合巻《ごうかん》と呼ばれる長編小説が主流となっている。

「御隠居様は、歌川偕楽先生に御意見し、失くした創作意欲を見事に再生せしめたと伺いましてな。是非、人を叱咤《しった》激励《げきれい》する秘訣《ひけつ》を伺おうかと考え、罷りこしましてございます」

「あ、そのことねェ」

敷島斎は、偕楽の家に浮世絵の版元たちが足しげく通うのを見て感心し、官兵衛を頼ってみる気になったようだ。ま、学術的な相談ではなさそうなので、途端に自信家の側面が頭をもたげ始めた。

「どうしても聞きたいの？」

「是非、御教示頂きたい」

官兵衛は頷くと少しだまり、考えを巡らせてから一気に話し始めた。

「要諦を言えば、愛だな」

「愛にございまするか？」

「うん。愛だ。そもそもオイラが……」

と、ここからしばらくは、官兵衛の自慢話が延々と続いた。五歳で将来書院番士となるための英才教育を受けたことに始まり、十二歳で八歳年長の女中相手に童貞を捨てた件、十四歳で酒と博打を覚えた経緯など、止めどもなく続いた。於金が欠伸《あくび》をし、敷島斎は困惑しているようなので、この際、残念だが詳細はバッサリと割愛《かつあい》しよう。

「と、いうことさ」

「な、なるほど」

官兵衛はここで、女中のお鶴が持ってきた茶を美味そうにすすり一服した。最初の相手が女中だったものだから、女中は誰でも「やらせてくれるもの」と勝手に思い込んでいたのだが、その女以降、現在のお熊とお鶴を含め、誰一人「やらせてくれない」ので官兵衛としては大いに不満である。

「前置きが長かったかな、退屈だったかい？」

「いえいえ、色々と勉強になりました」

と、敷島斎が頭を下げ、於金は辟易した様子で庭へと視線を逸らした。

開け放たれた障子の彼方、冬枯れの庭越しに、偕楽家から羽織姿の版元風の男が二人出てきて、門の方向へと歩み去った。

「して、此度の偕楽先生の作品は如何なる？」

「え、お前ェさん、まで見てねェのか？」

「はい、大層話題になった浮世絵としか承っておりません」

「見るかい？」

「後学のために、是非」

官兵衛は席を立ち、書院床脇《とこわき》の天袋《てんぶくろ》から例の枕絵を持ち出してきた。

「官ちゃん、大丈夫なの？」

すでに内容を知る於金が顔を顰めた。

「大丈夫だよォ。オイラに任せとけって」

と、於金をなだめて、浮世絵を敷島斎に差し出した。

「ほら、これだよ」

「では拝見」

偕楽の枕絵を広げて眺めた敷島斎の顔が、見る間に紅潮した。

「こ、これはしたり！　これはしたり！」

「ほら、刺激が強過ぎた」

と、於金が硬直する敷島斎の顔を見て吹き出した。

「ここで敷島斎先生に訊こう。この絵は高尚《こうしょう》かい？　風雅《ふうが》かい？　芸術かい？」

「さあ、手前のような朴念仁には、とんと」

「正直に、思ったままを言ってみなよ」

「では申します。この絵は下品です！」

「その通りだ。有り体に言えば下品なのよ。退廃の極み。一端《いっぱし》の絵師が引き受けるような仕事じゃねェわ」

「そう思います」

「オイラが偕楽に言ったのは、つまりそおゆうことさ」

「と、申しますと？」

「仕事を選ぶなってことよ。機会を失うなって伝えたんだァ。一発逆転とか大きなことを考えちゃ駄目だ。どんなに下品な仕事でも、小さな勝ちをコツコツと積み重ねて行って、気づけば高みに上っている。これが成功の秘訣だ、要諦だって説教したんだァ」

「なるほど。『小さな勝利をコツコツと』ですか」

「それともう一つ言った」

「ほうほう」

「好きこそものの上手なれ、ってな」

「そこは手前にも、分かるような気が致します」

「だろ？　小さな勝利をコツコツと……これって根気が要るんだよ。長い戦いになる。となると根気を続かせるためには、興味のある、好きな生業を選べってことさ」

「含蓄《がんちく》のあるお言葉です」

「偕楽自身を奮い立たせる、やる気を起こさせる『なにか』を考えさせたね。奴の場合は女だったけど、それが当たった」

「女子《おなご》とな」

「惚れた女を描きたいと思う気持ちは、絵師なら誰にでもあるようだなァ」

「つまり、この絵の娘が、偕楽殿の想い人と？」

と、拡げた枕絵をまじまじと眺めた敷島斎、目を剝きながら顔を上げた。

「しかし、だとしたら、己が惚れた女子を、獣に凌辱させてなにが楽しいのでしょうか？」

「だよねェ。有り得ないよねェ」

と、横から於金が同調した。

「そこは、それ、通人《つうじん》の境地だから……人の心のどす黒い部分を浮き彫りにしてんじゃねェのかなァ」

「もしそうなら、通人は心を病んでおります」

「そこはオイラも同意だァ」

官兵衛は空気を読んで、敷島斎の説に頷いた。

「ただ、この娘はどこかで、会ったことがあるような」

学者はしばらく絵を見ていたが、やがて顔を上げ声を荒らげた。

「佳乃殿だ。佳乃殿に似ている。ま、まさかこれ、佳乃殿?」

「あらあら、大変だァ」

於金が悪戯っぽく笑って官兵衛を見た。

「そ、その娘が佳乃殿?　さあねェ。そこのところはオイラの口からは何とも言えねェなァ」

官兵衛、困惑顔で腕を組んだ。

「あるいはそうかも知れねェし、違うかも知れねェ。ま、誰と決めつけるのは野暮《やぼ》ってもんじゃねェの……ん？」

と、表情を急に強張らせ、官兵衛が一点を注視した。

「おい、こら、そこに誰かいるのかい？」

と、広縁に向かい語気荒く声をかけた。人の気配を確かに感じたのだ。

敷島斎が機敏に立ち上がり、広縁へと走り出た。

「誰もおりませんが」

庭を見回した敷島斎が振り返って報告した。

「ふん、ま、猫でもいたんだろうさ」

官兵衛が呟いた。


真っ直ぐな坂道が延々と続いていた。

ここは表二番町《おもてにばんちょう》、法眼坂《ほうげんざか》の中ほどである。番町と言えば、大矢邸のある駿河台と並んで、旗本屋敷が集まる土地柄だ。東へ五町（約五百四十五メートル）歩けば江戸城の内堀に、西へ五町進めば外堀に出る江戸城防衛の要衝《ようしょう》でもある。見渡せば何処もここもが武家屋敷だらけ。各邸内の常緑樹《じょうりょくじゅ》の鬱蒼《うっそう》たる緑が、街並みに格調と落ち着きを与えていた。

「御免なさいまし。手前、源治と申します。槙之輔《まきのすけ》様のお耳に入れたいことがございまして、へい。貉の源治とお伝え頂ければ、お分かりになるかと思います」

とある旗本屋敷の長屋門《ながやもん》前で、門番に向かい、左手の小指が無い源治が、小腰を屈めた。

「それがネタかい？　お前さんも焼きが回ったなァ」

もう昼過ぎなのに、広縁に出てきた葵《あおい》槙之輔は寝間《ねま》着姿《きすがた》である。起きがけなのだろうか、不快そうに伸びた無精髭《ぶしようひげ》を撫でた。昨夜の酒が強く臭った。

「枕絵の手本が、大矢小太郎の店子だったらどうだってんだい？」

「それがですねェ」

と、源治は辺りを窺った後、顔を近づけて声を潜めた。

「その娘、幕府のお偉いさんの囲われ者だってんですよ」

「お偉いさんって、誰だ？」

「さあ、そこまでは。毎回二、三十人くらいのお供で、四人担ぎの御駕籠で通ってきますぜ。そいつが誰なのか、むしろ殿様の方で調べてみて下さいよ」

「紋所は？」

「や、隠してます」

「用心深いなァ。でも、話を聞く分には相当な御大身だァ。なにも女を囲わなくったって、堂々と側室にすりゃいいじゃねェか」

「なんでも大層な恐妻家らしいんで」

「恐妻家ねェ。ま、筆頭老中本多豊後の嫁さんは先代公方様の娘、当代公方様の妹ではあるが、まさかなァ。ただもし、本当に本多豊後の妾が枕絵の手本になったってェのなら、こりゃ少し面白いかもなァ」

「へへへ、殿様、御人相が急に、お悪い方へと変わられましたぜェ」

「馬鹿野郎、顔中ペケ印だらけのお前ェに言われたかねェや」

と、御人相のお悪い殿様が笑った。

四

ホトホト。ホトホト。

障子を叩く音に目が覚めた。

「誰だ？」

小太郎は夜具の中で誰何《すいか》した。武家の心得として左半身を下に横臥《おうが》しているから、すぐに身を起こせる。障子を見れば淡い人影がボウッと浮かんで見えた。今宵、月の出は大分遅い。

「歌川偕楽にございます」

遠慮がちに聞きなれた声が答えた。

「お入りなさい」

おそらく四つ半（午後十一時頃）は過ぎているだろう。不用心かとも思ったが、こんな夜中に店子が家主の部屋を訪れるのだから、よほど大事な用件と分別した。もし害意があるなら、障子を叩いたりはすまい。刀掛けの下段から脇差を摑んで腰に佩び、行灯に明りを灯した。

「夜分遅くに、失礼致します」

と、いつもの作務衣姿で、偕楽が平伏した。

「実は、円之助と揉めましてね」

「またですか」

嘆息が漏れた。いい大人が二人、少々呆れる。別《わ》けても、喧嘩、猫、覗き、発禁絵と偕楽は問題ばかり起こす。どうにかして欲しい。

「や、取っ組み合いや殴り合いは一切しておりません。ただ、心の糸が絡まると言うか、言葉の行き違いと申しますか」

「よく分かりませんな」

苛々と返した。話の分かり難さもさることながら、夜中に起こされたことも苛つきの原因である。

「もう少し具体的に、分かりやすく話して下さい」

「ぶっちゃけて申し上げれば、喧嘩の仲裁を小太郎様にお頼みしたい」

「それは如何なる喧嘩ですか？」

長谷川洪庵は、偕楽と円之助が揉めるのは、まるで合わせ鏡のように「相手の中に己れ自身の劣等感、敗北感を見て苛つくからだ」と分析した。その伝で言えば、今の偕楽は十分に売れているのだから、そうそうには苛つかないで済むはずだ。

「それがですな……」

今は落ちぶれた芸術家が二人いて、その片方だけが復活して大いに売れた。円之助は「売れてよかったな」との捨て台詞を残し、偕楽との付き合いを拒絶すると宣言、歩み去ったというのだ。

「ほう。絶縁ということですか？」

「どうなんでしょうか。ただ、円之助と手前は、今まで不遇ながらも互いに励まし合ってやって参りましたもので、多少自分が売れたからと、奴と疎遠になるのは、なんとしても避けたい気持ちがございます」

「なるほど。それで私に仲裁を頼みたいと」

「御意ッ」

「一つ伺いたいのだが」

「なんでございましょう」

「貴公、どうしてこんな夜中に来られた？　仲違《なかたが》いの仲裁を頼む……嗚呼、確かに重要な話だ。ただ、明朝まで待てなかったのですか。そこまで緊急性のある話とは思えんのだが」

「それはその、小太郎様には最近、色々と御迷惑をおかけしておりますもので」

「だから？」

怖い顔で睨みつけた。偕楽は絵の才には恵まれているのだろうが、どうも話がまどろっこしくていけない。話の先が見えない。

「で、ですから、陽のある内に堂々と伺うのは『如何なものか』と考えまして」

「この夜中に、寝ている私を叩き起こすのは『如何なものか』とは考えなかったのですね」

「あの、申しわけございません」

深々と平伏した。畳に揃えた両手の甲が顔料で汚れている。淡い行灯の明りでは何色かまでは分からないが、相当な汚れ様だ。多分、今しがたまで仕事をしていたのだろう。ふと「家主に仲裁を頼むこと」を思い立ち、逸《はや》る気持ちを抑えきれずに、庭を渡ってきたのではあるまいか。傍《はた》迷惑な行動ではあるが、偕楽の朋輩に対する気持ちがいじらしく思えた。自分に、そこまで大事に思ってくれる友がいるとは思えない。

（その友情に免じて、虐《いじ》めるのもこの辺までにしとくか）

「分かりました。明朝、円之助殿の家に赴き、話しましょう」

「恩にきます」

また平伏した。

「ただし、貴公も一緒に行って頂きます」

「え、なんで?」

平伏していた顔を上げ、キョトンと見上げた。

「貴公は朋輩を失いたくないのでしょう。ならば自分の言葉で、自分の思いを率直に伝えるべきだ。私も同席して口添えするし、もし揉めるようなら、ちゃんと仲裁するから、そこは大丈夫です」

「はあ、然様ですか。やはり、その方がいいのでしょうねェ」

「そりゃそうですよ。家主は店子に加勢することはできるが、代わりの人生を歩むことはできないのですから」

「確かに」

と、一応は納得し、明朝の約束を交わした後、偕楽は帰って行った。夜の九つ(午前零時頃)を過ぎ、いつの間にやら、東の空には月が上っている。

(家主稼業も楽じゃないなァ)

小太郎は大きな欠伸をし、まだわずかに温かさを残す布団へと潜り込んだ。

「御免。円之助殿、母屋の小太郎です」

四つ（午前十時頃）過ぎに、縁側から訪いを入れた。偕楽は、小太郎の背中に隠れている。日課である朝の木剣振りを終えたばかりで、体はまだポカポカと温かい。

「おや、御用なら手前の方が、母屋に伺いましたのに」

中から出てきた円之助は、赤い顔をしており、少し酒が臭った。

（この臭いは昨夜の酒じゃない。朝から飲んでいるようだ。相当荒《すさ》んでるなァ）

円之助は一階の八畳間で、粉に挽いた鰹節を沢庵にまぶし、それを肴に独酌《どくしゃく》していた。

「飲みますか？」

円之助が一升徳利を持ち上げて見せたが、小太郎はやんわりと辞退した。

「折角だから、俺は少しだけ貰おうかな」

と、偕楽が身を乗り出したが、小太郎に険悪《けんあく》な目つきで睨まれ、おずおずと引き下がった。

訪問の用向きについては、小太郎の方から縷々《るる》説明した。

「や、臍を曲げてるなんてことは全然ないですし、偖楽が売れたのは今も嬉しい。嘘は言ってない。これは本心です。ただ朋輩ってのは、五分と五分でなきゃ、続かないのかなァと」

「今も昔も、俺とお前は五分と五分だよ。決まってるじゃねェか」

偖楽が溜息混じりに呟いた。

「そう言ってくれるのは有難いんだが、現実を見とくれよ」

と、円之助が酒を満たした湯呑《ゆのみ》を干した。

「偖楽は、顔つきからして違ってきた。俺ら二人、呑んで喧嘩してた頃の歌川偖楽は、どよんと腐った鯖みてェな目をしてた」

「ンなことあるかい」

偖楽が否定した。

「してたんだよォ。それが今では釣りたての鯛の目をしてやがる。とてもじゃねェが、俺とお前は五分五分じゃねェさ」

「そんな」

　偕楽は俯き、押し黙ってしまった。元々は内向的で寡黙な男なのである。このまま沈黙が流れるのも宜しくない。小太郎は助け舟を出すことにした。

「本心から五分じゃないと感じているのなら、円之助殿こそ、もうひと踏ん張りして向上すべきだ。成長すべきだ。五分五分に戻せばいいじゃないですか」

「老け込んで『迫力不足』だなんてよく言われる。手前なんぞ今さら、ハハハ、馬の足の役しかござんせんよ」

「父から『仕事を選ぶな』と言われ、偕楽殿はそれを闇雲に実践した。それが成功に繋がったのではないですか？」

「手前に馬の足をやれと？」

　酒癖の悪い役者が目を剝いた。

「や、そこまでは言わんが」

「独力で頑張れる絵師と違って、役者は人から選ばれなきゃ舞台にも上がれないからねェ」

（臍は曲げていないと言っていたが、どうみても曲げているじゃないか）

「あのさァ」

押し黙っていた偕楽がぽつりと呟いた。

「俺の描いた枕絵な。あの虎の形相が凄いって褒められることが多いんだ」

「確かに鶴屋殿も『そこに惚れこんだ』と言っておられましたな」

「なんだい、今度は自慢話か？」

円之助が嘲笑った。

「自慢なんかじゃねェ！」

と、偕楽が目を剝いた。

「あの虎の顔だがよォ。手本は……円之助、お前なんだよ」

「はあ？　この野郎馬鹿にしてんのか。よくも無断で人を畜生に準えやがったなァ」

と、癇癪を起こした円之助が、鬼の形相で拳を振り上げ、ドンと片膝立ちとなった。偕楽、機敏に小太郎の背後へと身を隠す。

「止めろ、円之助殿！」

と、小太郎が叫んだ刹那、小太郎の背後で偕楽も声を荒らげた。

「まさにこの顔なんだよォ！　もの凄い迫力で恐ろしいほどの顔さァ。喧嘩の時に殴りかかってくるお前ェの面を思い出しながら、俺はあの虎を描いたんだァ！」

「えッ」

一瞬、円之助が動きを止めた。

「お前の芝居が『迫力不足』だなんてことがあるもんかい。何かの間違いだ。俺、正味おっかなかったもん。夢の中にお前ェの面が出てきて、酷く魘《うな》されたもんよ」

偕楽の声は、半分泣き声になっている。

「な……」

振り上げていた円之助の拳が、だらんと体側に垂れ、片膝立ちの姿勢からドンと畳に尻をついた。口が半開きとなり、視線は虚空を彷徨《さまよ》っている。

偕楽が、四つんばいで近寄り、円之助の肩を抱いた。

「悩んでた成山五郎の代役、堂々と受けろよ。今のお前なら、日本一の仇役を演じられるぜ」

「成山五郎か……し、仕事は選ばねェことだよなァ！」

「できるさ。構わねェから、この際、団十郎《だんじゅうろう》を食っちまえ」

と、泣きながら朋輩の肩を幾度も叩いた。

五

成山五郎は、演目「束の間」の端役である。演じていた役者が相次いで体調を崩した。大男の役だから、誰でもいいというわけにはいかない。そこで長身の円之助に「代役をやらないか」との話が来ていたのだ。

歌舞伎「束の間」は、荒事の人気演目である。関白位《かんぱくい》に就《つ》くことを狙う悪漢の清《きよ》川武衡《かわのたけひら》と正義の豪傑鎌倉権四郎影政《かまくらごんしろうかげまさ》の対決を描く時代物だ。清川の家臣である成山五郎は、主人の命を受け、心正しき加茂三郎義綱《かものさぶろうよしつな》を斬ろうとするが、そこへ中村団十郎演じる鎌倉が花道から登場、揉みあいとなるのが見せ場だ。成山五郎は、仇役のそのまた家来だから相当な端役ではあるが、円之助は敢えてこの役を引き受けることにした。

小太郎が喧嘩の仲裁をしてから、一ヶ月《ひとつき》ほどが経ったある日。梅の季節もいつしか終わり、そろそろ桜が開花期を迎えている。

ドタドタドタ。ドタドタドタ。

最近では足音だけで分かる。於金だ。官兵衛の部屋にいた小太郎が「では、私はこれで」と席を立とうとするのを官兵衛が押しとどめた。

「ま、いいじゃない。たまには皆で仲良く、ね？」

「そ、そうですか、では」

と、また座り直した。

（於金だと思うから腹が立つんだ。端から南瓜と思えば、然程には……）

興奮気味に部屋に飛び込んで来た於金は、小太郎と目が合うと「なぜ、いるんだ？」とばかりに嫌な顔をしたが、その後は官兵衛に向けて一気にまくしたてた。

「円之助ちゃん、大した熱演だったらしいよ」

「らしいって、於金坊はまだ観てねェのかい？」

脇息にもたれ扇子を使いながら官兵衛が質した。暑がりの官兵衛、桜の声が聞こえる頃には、毎年早々と扇子を使い始める。

於金には近所に女友達が幾人かいる。皆、札差の令嬢で、当初は於金を「妾腹」などと呼び仲間外れにしていたが、彼女の深川風でざっくばらんな気質が受けて、今では仲間として親しく付き合ってくれているそうな。令嬢たちは誰もが贅沢や遊びに慣れており、芝居などにも大層目が肥えていた。そんな彼女たちが、猿若町《さるわかちょう》で中村座の「東の間」を観てきて、口々に円之助の演技を褒めたらしい。

端役ながら、円之助は熱演した。なかなかの好評価で、大向《おおむこ》うの目利きたちからも「今回の兵庫屋（円之助）は一味も二味も違った。主役を食っとったわい」などといった声が聞こえるという。

「嬉しいねェ。オイラも家主として店子の晴れ舞台を観てみてェもんだなァ」

「じゃ行こうよ」

「駄目駄目、観劇なんぞ、この渋ちんの小太郎が許してくれるもんかね」

と、意味ありげに小太郎を睨んだ。

「贅沢です。我が家にそんな余裕はございません」

小太郎も負けずに父を睨み返した。

「お金なら、アタシが出すからさァ」

「ならば話は別だわなァ。おい小太郎、それならいいよな？」

「でも父上、女子に奢ってもらうのですか？」

「小太郎ちゃん、別にいいんじゃない？　どうせアタシ、女じゃなくて南瓜だから
さ、ね？」
「な……」
於金の毒気と開き直りに、小太郎は膝を屈した。

そんな経緯にて、官兵衛と於金、小太郎と偕楽、四人で円之助が出演している中村座へと繰り出すことになった。往時、芝居の開演は明け六つ（午前六時頃）、終演は暮れ六つ（午後六時頃）であったから、官兵衛、小太郎、偕楽の三人は、まだ暗い内に駿河台の大矢邸を徒歩で発った。於金の家は浅草蔵前にある。中村座まで四半里（約一キロ）もない。一行は、山吹屋で於金と合流、そこからは町駕籠を仕立て、猿若町入りする計画だ。

「え、私の分も於金殿が払うのですか？」

寝静まった武家町を、提灯を頼りに歩きながら、小太郎が官兵衛に質した。

「そらそうさ。桟敷席《さじきせき》が幾らだと思ってる。銀三十匁（約三万円）は下らねェぜ」

「平土間《ひらどま》なら？」

「銭百五十文（約二千二百五十円）」

「それでも高い。やはり贅沢ですよ」

薄闇の中で小太郎が眉を顰めた。

往時、芝居小屋の客席は大体三種類に分類されていた。まずは平土間——舞台正面で枡目に区切られた一般席である。一枡当たりの定員は六名であった。

次に桟敷席——こちらは富裕層向けの特別席である。舞台をはさんで左右の側面に設えてあり、料金は平土間の十倍もした。ただ、銭がかかるのは木戸銭《きどせん》だけではない。桟敷席に入るには、芝居茶屋、別けても大茶屋と呼ばれる高級料亭から直接に入場せねばならなかった。さらに芝居が跳ねた後には、また大茶屋へと戻り、酒宴を催すのが通例だ。なにしろ物要り。銭と時間がべらぼうに必要となる席だ。最後は、立ち見の二階席、通称「向う桟敷」、乃至は「大向う」である。ここは料金が安く、幾度も足しげく通う見巧者《みごうしや》な客が多かった。「成田屋」「待ってました」「日本一」などの所謂「掛け声」は——本来、誰が掛けてもいいのだが——主に、この席の観客が叫んでいる。

「やはり私、今日は帰ります。父上と偕楽殿と於金殿、お三人で行かれて下さい」

と、足を止めた。官兵衛と偕楽も止まり、頑なな小太郎を睨んだ。

「馬鹿野郎ッ」

官兵衛が小声で吼えた。

「今日の観劇は道楽じゃねェ。可愛い店子の晴舞台を皆で応援しに行くんじゃねェか。言わばこれは家主としての役目の一環よォ」

「そうですよ小太郎様、どうぞ円之助の芝居を観てやって下さいまし。野郎も喜びますから」

偕楽が小太郎の羽織の袖をとって懇願した。

「しかし、女子に銭を出してもらうというのも、男として情けなくはないですか？」

「全然。まったく。むしろ、誇らしい」

官兵衛が笑顔で胸を張った。

（なんと……父上と私とは、住んでる世界が違うのかも知れんなァ）

「大体よォ。お前ェの下らねェ男の矜持なんぞ、薬研濠《やげんぼり》にでも沈めちまえ。いいか小太郎、銭は天下の巡りもの。金持ちが『出す』って言ってるときはなァ」

官兵衛、瞑目して合掌した。

「黙ってゴチになっとけばいいんだよォ」

「直参旗本としての面目は？　男としての体面は？」

「そんなものは、端からありゃしねェんだァ。もし、於金坊に済まねェという気持ちがあるなら、嫁にしてやれよ、可愛がってやれよ、へへへ。さ、行こうぜェ」

と、先に立ってスタスタと歩き出した。

陽が上る頃に山吹屋へと到着。於金と合流した。主の銀蔵が出てきて、官兵衛には一瞥《いちべつ》もくれずに、歯の浮くようなお世辞を並べながら、小太郎の体中をあちこちポンポンと叩いた。

（まるで、大根の品定めでもしてるようだなァ）

「お殿様……もし、三ケ月《みつき》後までに於金を娶《めと》るとお約束頂けるなら、持参金は五千両持たせますするぞ」

「ご、ご、ご、五千両！」

小太郎の喉がゴクリと鳴った。

「なんなら賂《まいない》用に、さらに五千両を上積みしてもようございます。幕閣に銭をばら蒔けば、出世など思いのまま。将来は町奉行か勘定奉行か大目付……私の娘が大目付様の奥方……夢のようだァ」

肥満した赤ら顔が、恍惚の表情を浮かべた。そこまで権威を求めるか！

「しかし、残念なことに、当の於金殿と私は馬が合いません。むしろ我が父との方が……」

「小太郎さん？」

急に「お殿様」から「小太郎さん」へと格下げになった。

「冗談は言いっこなし。ね、小太郎さん、どこの世界に隠居の後妻に娘を差し出す阿呆がおりますか？　もしそんなことになったらね。持参金はおろか、三ヶ月以内にお貸しした六百両、耳を揃えて返して頂きますからね」

「私を脅す気か？　阿漕だ」

「そりゃ、娘を思う親心、阿漕にもなりまさァね。いいですね、猶予は三ヶ月《みつき》だ」

銀蔵は指を三本立てて、悪魔のようにニヤリと笑った。

山吹屋からは、銀蔵が呼んだ町駕籠を四挺仕立て、猿若町を目指した。

於金が贔屓にしている芝居茶屋は、猿若町の一丁目にあった。南の木戸を潜ってすぐ、中村座の向かいにある大隅屋《おおすみや》である。なにしろ規模の大きい豪奢《ごうしゃ》な店で、大名諸侯から蔵前の札差層までが、嬉々としてこの店に集った。

「凄いねどうも」

「官ちゃん、恥ずかしいから物珍しそうにしないで」

大隅屋の調度に目を奪われ、あちこちと見て回る官兵衛を、於金がたしなめた。

勿論小太郎も、こんな高級料亭に入ったのは初めてのことである。質素倹約が幕府の方針なので、あまり派手な装束の者がいないのは救いだ。大矢父子が着ている草臥《くたび》れた羽織袴が、悪目立ちしないで済む。

「小太郎、誤解するなよ」

広く長い廊下を歩きながら、官兵衛が倅に身を寄せて囁いた。

「オイラが観劇にきても、こんな贅沢な店は使いやしねェ。出方《でかた》に頼んで枡席で弁当を食うだけさァ」

出方——最下層の芝居茶屋だ。客室を持たず、仕出し弁当を枡席に配達した。

「それでも、私に言わせりゃ十分に贅沢ですよ」

「吝《けち》、渋ちん、小者、しみったれ」

父子の会話を盗み聞いた五千両が――もとい於金が、小太郎を憎々しげに睨んだ。

町人文化の華麗さに気圧され、毒気を抜かれた大矢父子が、呆然と歩いているのに対し、偕楽は平然と歩を進めていた。元は美人画の絵師として売れに売れていた偕楽だ。こういう店での接待ぐらい幾度も受けているのだろう。

(やはり時代は銭だなァ。商人の時代だよなァ)

小太郎は心中でぼやいた。

(私は朝晩に木刀を振っているが、算盤を習った方が有益かも知れんぞ。いっそ侍なんぞ捨てて、於金殿の入り婿にでもなるか？　蔵前の札差を継ぎ、銭を勘定しながらゆったり暮らすのも悪くない)

左前方を、官兵衛と手を繋いだ於金が楽しそうに歩いている。小太郎の視線は、自然と彼女の尻から項《うなじ》へと移ろった。

(私なんぞ、どうせ女子からは相手にもされないのだ。佳乃殿は勿論、お松さんからまで軽蔑されてしまった。こんな阿婆擦れでも、一応は女だからなァ。修行僧のような暮らしを生涯続けるよりは、一度ぐらい女体を好きに……)

ここで急に、於金が振り返り睨んできた。

「また、いやらしい目で見てる!」

「見てないよ! 神かけて一切、見てない!」

——ま、真実を言えば、見ていた。

四人は、広大な庭園に面した八畳と六畳の二間続きの書院へと通された。

建具も柱も廊下も、どれもが真新しい。清々しい香りもする。

(そうか、芝居小屋も茶屋も、猿若町に移転してきてまだ間もないんだなァ)

元は堺町《さかいちょう》や葺屋町《ふきやちょう》、木挽町《こびきちょう》などに分散していた芝居小屋だが、火事などを出し、幕府の意向に沿う形で、浅草寺《せんそうじ》際の聖天町《しょうでんちょう》に引っ越してきた。天保十二年(一八四一)には中村座、市村座が柿落《こけらおと》しの興行を打ち、また天保十三年(一八四二)には、町名が聖天町から猿若町に変更されている。往時の猿若町は然程に人家が立て込んではおらず、また隣地は広大な浅草寺ということで、防火対策としても猿若町への移転は好都合だったのである。

芝居茶屋は基本、芝居の前には茶と茶菓子程度しか出さない。飲み食いのお楽しみは「芝居が跳ねた後」ということらしい。ま、観劇前の飲み食いは、芝居途中での居眠りを奨励するようなものであろう。

「な、なんですか？」

飲み終えた湯呑を茶台《ちゃだい》に置き、小太郎は父を睨んだ。最前から官兵衛は小太郎を見てはニヤニヤしている。なんぞ良からぬことを企んでいるに相違ない。

「や、小屋に繰り出すまで、退屈だなァと思ってよォ。座興にさ、その湯呑で一発、壺振りの妙技でも披露しちゃあどうだい？」

「嫌です」

「そう言うなよォ。いいじゃねェかよォ。減るもんじゃなしよォ」

「なになに？　その『壺振りの妙技』ってなんなのさ？」

ここで五千両が——もとい於金が、興味津々で食いついてきた。

「小太郎はよォ。こう見えて結構な博徒なんだぜェ」

「嘘ッ。全然見えない」

不良や悪党が大好物の於金、ノリノリである。

「手前も一度、相模屋さんの賭場で妙技を拝見しました。そりゃ、凄腕でゴロツキ共が仰天しておりましたよ」

偕楽が同調した。

「甲府時代には『賽子太郎』とか『極悪のイカサマ師』とか呼ばれてたんだぜェ」

「やだ、二つ名まであったんだァ。それ一端のゴロツキじゃない」

「ゴ、ゴロツキと博徒とは厳密には違うから」

小太郎がむきになった。ただ、どちらも虞犯性《ぐはんせい》の強さに然程の差異は感じられない。言わば五十歩百歩の世界だろう。

「甲府の貸元衆は小太郎の腕を恐れて、誰も勝負しなかったらしいわ」

「凄いッ。小太郎ちゃん、やるねェ」

於金の声色が、さっきまでとは全然違う。

「や、ま、その」

なぜか顔が赤くなった。女性に対して自信喪失中の小太郎である。たとえ阿婆擦れからでも笑顔を見せられると無性に嬉しかった。五千両も捨てがたいし。

そんなこんなで結局、壺振りを実演してみせることになった。湯呑と、二個の賽子を使用する。この賽子、官兵衛がなぜか持参していた。

「では、入ります」

あまり外連味《けれんみ》は出さずに、賽子をそのまま湯呑に放り込んだ。チンチロリンと澄んだ音がした。心洗われるような音だが、一つ間違うと血の雨が降りかねない。

「よッと」

わざと素人臭く、湯呑を畳の上に伏せて置いた。

「小太郎は、グニとサブロクなら自在に出せるんだァ。本物のイカサマ師だわなァ」

グニは五と二、サブロクは三と六の賽の目で、共に半である。

「私が開ける」

我慢しきれない於金が、横から手を伸ばして湯呑を開けた。

「ああッ。本当に五と二だァ。凄い、小太郎ちゃん！」

と、笑顔で小太郎に飛びつき、腕にしがみついた。於金の胸の膨らみが、右腕に押し付けられている。小太郎は動転し、同時に興奮した。

（お、お、女子は分からんなァ。つい最前までは、私のことは蛇蝎の如くに嫌っていたはずだァ。それがこの恵比須顔。実に温かい。柔らかい。いいなァ。この女子に五千両がついてくるのかァ。色と欲ではないか。嗚呼、生きててよかったァ）

あまりの感動で泣きそうになったが、於金の結綿髷《ゆいわたまげ》の彼方、官兵衛がニヤニヤとほくそ笑んでいるのが見えた。

（あの顔……悪党め、策を巡らしたな……でも、色と欲だから、許してあげよう）

「御免下さいませ」

襖を開けた中居が深々と御辞儀をし、芝居小屋に入る刻限だと告げた。

六

中村座は、猿若町一丁目の大通りに面し立っていた。間口十二間（約二十二メートル）の三階建である。正面木戸口の上には、中村座の定紋「隅切銀杏《すみきりいちょう》」を描いた九尺（約二・七メートル）四方の櫓《やぐら》が載せてあった。この櫓は幕府公認の証であると同時に、神の依り代《よりしろ》としても機能した。櫓は中村座の他、市村座、森田座の三座にのみ許されていた。以前は櫓上で実際に太鼓を叩いていたそうだが、今では櫓で太鼓は叩かない。

中村座の前は騒然としていた。夥《おびただ》しい数の客、客、客——女は着飾り、男は酒や弁当の風呂敷を抱えている。笑う者、泣く者、歌う者――まるで江戸中の善男善女が一堂に集ったかのようだ。

七つ（午前四時頃）に一番太鼓がドンと鳴り、明け六つ（午前六時頃）に二番太鼓が鳴って開演を報せ、一般客を木戸口から入れ始めた。

「ウオ――――ッ」

鬨《とき》の声というか、鯨波《げいは》と呼ぼうか、下腹に響くような唸り声が木霊《こだま》する。少しでも良い席を確保すべく、人々は先を争い、舞台前の平土間へと殺到した。

一方、於金一行は鷹揚《おうよう》なものである。大隅屋の若い衆に、舞台向かって左側の上桟敷席へと案内された。座布団や膝掛け、饅頭や水菓子、茶などが用意され、もう至れり尽くせりだ。

「大きな舞台だなァ」

と、小太郎が手摺から身を乗り出した。舞台は間口が七間（約十三メートル）もある。よく磨き上げられ、光沢があり、女の肌のように白い。舞台には引幕が下がっているが、中村座の定式幕《じょうしきまく》は独特で、一般のそれが左から黒、萌黄、柿色の三色であるのに対し、中村座のそれは黒、白、柿色の三色柄であった。

「小太郎ちゃん、本当にお芝居初めてなの？」

於金が顔を寄せ小声で訊いてきた。わずかに白粉《おしろい》が香った。

「そうですよ。貧乏旗本の倅なんて、どこの家でもそんなものです。芝居はおろか、花見も月見も屋敷の庭で眺める程度だったから」

「それで、唯一の生甲斐《いきがい》が博打になったわけね」

思い詰めたような目で、下から見上げてくる。

「や、博打は別に……甲府勤番中の気の迷いだね。生甲斐なんてとんでもない」

「あれだけの腕があるのに、惜しいな」

と、於金が小声で囁いた。

「於金さんは、博打を推奨するのですか？」

「お父っつぁんがね、『天賦の才は伸ばすべし』『頂き物なんだから、大事にしなきゃ』っていつも言ってるよ。それが盗みであれ、騙《かた》りであれ、人殺しであれ」

「な……」

（どんな親だよ。その親にしてこの娘ありか。でも、博打のお陰で、於金殿とはこうして普通に喋れるようになったんだ。山吹屋銀蔵殿の言うことも強《あなが》ち……）

チョ――ン、チョンチョンチョン。チョ――――ン。

拍子木《ひょうしぎ》が鳴り響き、定式幕がスルスルと開き、唐突に芝居が始まった。騒《ざわ》めいていた会場がシンと静まり、一斉に秩序だった拍手が巻き起こった。

「東の間」は有名な演目であり、小太郎も書物からの知識で凡《おおよ》その筋立ては知っていた。時は鎌倉時代。鶴岡八幡宮の境内を舞台とする話は、トントンと進んだ。これといった見せ場も、意外な展開も感じられない、言わば単純な物語である。

ただ、役者の衣装や舞台の造形などの素晴らしさはどうだ。火事が恐いので、蠟燭はほんの数本しか灯していないはずなのに、なぜか舞台上は明るい。見上げれば、吹き抜けの天井の一部が大きく開口しており、そこからの光が巧妙に舞台上へと射す造りになっている。

(芝居は文芸ではなく、絵巻物なのだなァ。言わば眺める芸道。そのつもりで観れば、確かに楽しい)

もう一つ醍醐味があった。芝居が「生もの」だということだ。

「あは、子供が出たぞ」

手摺に顎を乗せ、黙って観劇していた官兵衛が、笑って舞台袖を指さした。

五、六歳ばかりの男児が役者の動きに興奮したものか、舞台に這い上がり、一緒に手足を振り回し始めたのだ。客席からは温かい笑いこそ漏れたが、誰も子供を舞台から引き下ろそうとはしないし、文句も言わない。やがて、父親らしき男が男児を抱き下ろすと、客席からは一斉に笑いと拍手が起こった。
「あれが、あの子なりの芝居の楽しみ方なんだ。座元《ざもと》も演者も客たちも、それを尊重したからこそ、子供を舞台から下ろさなかったのでしょうね。いい空気だァ」

と、偕楽が呟いた。

さらに、仇役の清川武衡が見得を切ったとき、向う桟敷から「待ってましたァ」との声がかかった。すると清川役の演者が当意即妙に「待っていたとは有難い」と台詞で返したものだから客席は大爆笑となった。

「あんな台詞、台本には無かろうに、勝手に言って座元から叱られないのかなァ」

「大受けしたから大丈夫だよ。あれで誰も笑わないと、叱られるのかもね」

と、芝居初心者の小太郎の疑問に、芝居玄人《くろうと》の於金が答えた。

芝居にも決まり事は多いのだろうが、たとえ決まりを破っても結果が伴えば受け入れられる。つまり、そういうことだろう。

（ハハハ、武家の社会ではあり得ないことだ。や、待てよ。むしろ戦国の武家は、こんな風だったのかも知れないぞ。規則は守るが戦に弱いでは、戦国の世で生き残れないものなァ）

なぞと思索を巡らす内に、いよいよ中村円之助が演じる成山五郎が登場した。

「いよッ、兵庫屋ッ！」

傍らで偕楽が大声をあげ、小太郎は胆を潰した。兵庫屋は円之助の屋号である。この掛け声、誰が掛けても許されるが、女性が掛けると嫌われる。「黄色い声援は歌舞伎に合わない」との暗黙の了解があるようだ。無論、規則で禁じられているわけではない。あくまでも不文律。

まだ主役の鎌倉権四郎は登場しておらず、成山五郎は、主人である悪漢清川武衡から呼び出され、義人加茂三郎の首を撥ねるように命じられる。

「君命背く奴輩《やつばら》を、首うち落とすに何の手間暇《てまひま》、覚えの刀を研ぎすまし、疾《と》うより控え居てござる」

（ああ、酷い扱いだなァ）

小太郎は円之助に同情した。成山五郎は、まるで赤鬼だ。着物の前が大きくはだけ、真っ赤な着肉《きにく》（綿入りの肉襦袢《にくじゅばん》）で肥満が強調されている。御丁寧に露出した腹には隈取《くまどり》までが施されていた。赤ら顔に、裸足《はだし》。紛うことなき端役であろう。

「イデ、そっ首、うっ放そうかい」——

成山五郎が刀を抜き、加茂を睥睨《へいげい》する。

（なるほど、ここは円之助殿の見せ場だなァ。ハハハ、確かに迫力がある。偕楽殿が悪夢に魘されるはずだ）

と、傍らの偕楽を窺うと、官兵衛と於金と三人で、舞台に集中している。

その舞台では、成山五郎に刀を振り被られた加茂が「今は、最期だァ」と観念した。その時——

「暫くッ」

ここで紅の筋隈《すじくま》に五本の車鬢《くるまびん》、長さ一間（約百八十センチ）の野太刀《のだち》を佩いた鎌倉権四郎が介入、芝居は一気に佳境へと突入した。

芝居が跳ねた後、大隅屋に場所を移して宴となった。化粧を落とした円之助も駆けつけ、五人で飲んだ。

「端役、端役って言うけど、なかなか台詞も多かったじゃねェか」

誰より先に「できあがった」官兵衛が、円之助を持ち上げた。

「畏れ入りやす」

と、円之助が照れて頭を掻いた。

「馬の足なんて、とんでもない御謙遜だったんですね」

小太郎も父の後に続いて持ち上げる。

「いやいやいや、ハハハ」

「円之助ちゃんが肉襦袢を着ると、六尺（約百八十センチ）以上もある大男に見えて、舞台の上で物凄く見映えがしたよ。むしろ、中村団十郎の鎌倉が地味に見えた」

「エへへ、お嬢様、いけませんよ。ここは中村座さんの店なんですから」

と、円之助が声を潜め、背後の襖を窺った。中村座の大名跡を「地味」呼ばわりしたら出入禁止にもなりかねない。

皆が上機嫌で、強かに酔った。役の選り好みを止めた円之助なら、今後いぶし銀の役者として着実に階段を上っていけるだろう。

「どこ行くんだよ？　まだまだ宴はこれからだぞォ」

立ち上がりかけた小太郎の袴の裾を、官兵衛が摑んだ。官兵衛の方は、すでに袴も羽織も脱ぎ捨てている。小袖の前もはだけている。

「厠です。出すもの出したら、また飲みますよ」

「あ、じゃ、手前も連れションで」

と、偕楽がついてきた。

二人で並んで用を足し、二人並んで仲良く手水《ちょうず》を使った。

「ここだけの話ですが」

「はい？」

「実はですね……」

懐紙で手の水を拭いながら、偕楽が声を潜め顔を寄せた。

「枕絵の虎、円之助の面を思い浮かべて描いたものではないんですよ」

「どうゆうことです？」

「虎の形相の手本……あれ本当は、レイなんで」

「三毛猫のレイですか？」

「然様で。御無礼ながら奴は小太郎様と反りが合わないでしょう」

「いつも牙を剝いて唸ってくる。大層嫌われています」

「その時の憎々し気な猫の顔が、ここだけの話、あの虎の顔の手本なんでさ」

「つまり、円之助殿を励まそうと思い、嘘をついたと？」

「有り体に申せば、然様で。一世一代の大芝居にございました」

「ああ、なるほどね」

少し考えて後、小太郎はニッコリと微笑んだ。

「それは、ま、いいんじゃないですか？　人一人を救ったんだ。偕楽殿の嘘は、朋輩を思う『善良な嘘』だと思います。誰にも言いません。この件は私と貴公の胸の内にしまっておきましょう。でも何故、このことを私に言いたくなかったのですか？」

そういえば一ヶ月《ひとつき》前、覗き魔を捕えた夜、偕楽は「小太郎様には特に申したくない」と言っていた。

「それはですね」

偕楽が話し始めた。

「小太郎様は、我々店子の為に頑張って下さってるのに、猫から忌み嫌われてるなんて、申しわけなくて言い辛かったんですよ」

偕楽が囁いた。

小太郎、苦笑するしかない。

「店子の為に頑張ってる……私、初めて言われました。とても嬉しいです」

視界がぼやけ、偕楽の顔が滲んで見えたのは、きっと酔いの所為だろう。

終章　親心無双

　庭木の剪定《せんてい》は、新芽《しんめ》が伸び始める前にすませておくことが肝要《かんよう》だ。枝の成長が始まってから大きく切ると、樹形《じゅけい》を崩し易いし、樹勢《じゅせい》も衰える。小太郎が植木鋏《うえきばさみ》を手に、花の落ちた椿《つばき》の枝を剪定する様を、官兵衛は広縁に寝ころんで眺めていた。

「喜衛門とお熊、どうなってる？」

「さあ、存じませんが」

　ぶっきら棒に答えて「チョキン」と邪魔な小枝を落とした。六軒の貸家の所為で、あまり日当たり良好とは言い難い庭だが、春になって陽が高くなると、さすがにポカポカと暖かい。

「お前ェ、主人だろ？　少しは奉公人のことも気にかけてやれや。好き合ってる者同士、添わせてやりてェじゃねェか」

「父上は、喜衛門とお熊の恋心や相性を大事にお考えですよね」

「そりゃそうだよ。男と女、惚れた者同士でくっつくのが一番だからなァ」

「じゃ、私は？」

「え？」

官兵衛が小太郎を見て、小鼻をヒクヒクと動かした。

「私には、好きでもない於金殿と夫婦になれと仰います。あれはどうなんです？」

「じ、直参旗本と庶民では、よ、嫁取りの意味も違ってくるわなァ」

動揺しながら官兵衛が答えた。

「まあね」

（父上が喜衛門とお熊をくっつけようと一生懸命なのは、倅である私に銭金ずくで於金殿を娶らせようとしていることへの、贖罪の意識の表れなのかも知れんなァ）

チョキンとまた椿の枝を落とした。春の庭にしばしの沈黙が流れた。

「そもそもがよォ」

官兵衛が先に口を開いた。

「あの二人が夫婦になることについて、お前ェはどう思ってるんだい？」

「勿論、大賛成です。西側の奉公人長屋を改造し、新居として使わせるつもりです」

「そりゃいいな。吝のお前ェにしちゃあ上々の分別ってもんだァ」

「私は、吝ですか？」

と、陽だまりの中を歩いて父に近づき、広縁に腰掛け、胸の前で腕を組んだ。

「お前ェは生来のド吝さ。お前ェの母親がそうだった」

「死んだ人の悪口は止めましょうよ。弁解ができないんだから不公平でしょう」

「逆だァ。死人ならどんなに腐しても、角が立たねェから平和でいい」

（止めとこう。父上の話を聞いていると、まっとうに生きてる人間の方が悪いような気がしてくる）

穏やかな陽気であった。様々な厄介事が相次いだ大矢家だが、ここしばらくは平穏無事な日々が続いている。父子は暖かな陽射しを楽しんだ。

「最近、於金殿、見ませんねェ」

「気になるかい？」

官兵衛がムクリと身を起こした。

「少しはね」

「あの娘《こ》、悩んでんじゃねェかなァ？　その前に一つ確認させてもらうがよォ。

「於金坊が惚れてるのはこのオイラだ。お前ェじゃねェ。その点はいいな？」

「はいはい」

辟易しながら答えた。

「でも、先日の観劇で『小太郎ちゃんを一寸《ちよつと》だけ見直した』ってわけさ。あの娘の両親は、どうしても旗本家当主であるお前ェに嫁がせたい。惚れてるオイラを諦めて、一寸見直しただけのお前ェに嫁いで親孝行をすべきか、それとも、やっぱ好きなオイラの嫁に……」

「大体分かりましたから、もういいですよ」

と、自慢話じみた長広舌を封じた。日頃、父の言葉は嘘と見当違いにまみれているが、今回の言説だけはおおむね当たっていると思う。

「私はどっちでもいいです。父上に嫁ぐなら、義母上《ははうえ》として敬うし、私に嫁ぐなら妻として大事にします」

「うん。よく言った。それでいい」

「ただ」

「ただ？」

「父上に嫁いだ場合、六百両の期限は三ヶ月《みつき》後なのをお忘れなく」

「うるせェ。分かってるよォ」

官兵衛は辟易した様子で、広縁に横たわった。小太郎は立ち上がり、また植木鋏を揮い始めた。


その夜は新月で、終夜、夜空に月の姿はない。星明りが頼りの暗い夜だ。

ゴ――ン。

夜の四つ（午後十時頃）を告げる本石町の時鐘が鳴り終わった頃、小太郎が自室で「そろそろ寝ようか」と支度を始めたそのときだ。

ガラガラガラ。ドンガラガ――ン。

もの凄い音。貸家の方角。敢えて言えば偕楽の家からだ。

「ウャ――ッ、シャ――ッ」

（猫が絡んでる。間違いなく偕楽だ。また円之助と？　念書を書いたことをもう忘

れたのかな)

「ひ、ひ、人殺しィ!」

明らかに偕楽の声だ。どのような経緯か知らないが、また円之助が長脇差を抜いたのに相違ない。

ガラガラ。ガターーン。

「た、助けてくれェ!」

「シャーーッ、シャーーッ」

このままでは「人死に」か「猫死に」が出てしまう。一刻の猶予もならない。

(去年の暮れに遣り合ったときは、素手で長脇差と相対《あいたい》して危なかった。さりとて闇の中で大刀を振り回すのはさらに危険だ。ここはいっそ、木刀でいくか)

朝晩鍛錬のために振っている赤樫の木刀を摑むなり、ガラと障子を開け、裸足のまま庭へと飛び下りた。小袖の裾を摘まんでたくし上げ、帯に手挟《たばさ》む。これで走り易い。両足と褌を剝き出しにして偕楽家へと急いだ。

偕楽家の庭に大柄な人影が見えた。星明りで確認する限りでは寝間着姿の円之助だ。だが、屋内では今も乱闘が続いている。

（あれれ、円之助がここにいるということは……だ、誰だ？　誰が偕楽を襲ってるんだ？）

「円之助殿、家の中で偕楽殿と揉めているのは誰だ？」

「さあ。分かりません」

役者が首を傾げた。隣家の騒動に気づき、慌てて駆けつけたものらしい。

「ここは私が踏み込む。貴公は、母屋に走り、父でも奉公人でもいいから、人手を連れてきて下さい」

「承知ッ」

と、駆け去るのを見届ける間もなく、雨戸を蹴破って偕楽家へと突っ込んだ。

ガラガラガラ。ガタ――ン。

「ひえ――ッ、お助け――ッ」

「シャ――ッ、シャ――ッ」

星明りさえも無くなり、室内は墨を流したような闇だ。しかし、夜目が利いてくるまで待つゆとりはない。

「止めろッ」

と、叫んで、木刀を頭上にかざし、首をすくめて気配のする方へと突っ込んだ。

ガスッ。

闇の中に白刃が煌《きら》めき、真っ向から斬りさげてきた刀が、頭上にかざした木刀に半寸（約一・五センチ）ほども食い込んだ。

（この太刀筋……賊は侍か！）

ブン。

刀を振り払い、その勢いのまま木刀を横に薙《な》ぐと、相手は一歩跳び退いてこれをかわした。

「こ、こ、小太郎さま！」

「偕楽殿、無事か！」

「こ、こいつは一体何者で？」

偕楽が、小太郎に質した。

そろそろ夜目が利くようになってきた。賊は一人である。袴をはき、肩衣を脱いでいる。間違いない。歴とした武士だ。

（襲われてるのは偕楽だ。彼自身が知らなきゃ、私が知るわけないだろ）

ブン。

横に薙いできた刀を木刀で受けた刹那――

ボキッ。

木刀が真っ二つに折れた。第一撃を受けた時、すでに相当傷んでいたようだ。

「食らえッ」

手に残った木刀のなれの果てを相手に投げつけ、敵が避ける隙に脇差を抜いて正眼に構えた。この脇差、刀身の長さは一尺五寸（約四十五センチ）しかない。刀身が二尺（約六十センチ）以上ある大刀とやりあうのは分が悪い。長さもさることながら重さが違う。斬り結ぶうち、徐々に圧倒されることになるだろう。

ブン。

ギン。

闇の中に二度三度と火花が散った。小太郎は一歩、二歩と後退した。

（押されている。このままじゃ駄目だ。なんとかしなきゃ）

「死ね――――ッ」

裂帛《れっぱく》の気合――突きを入れてきた。

小太郎、身を捩り、かろうじて切っ先をかわす。突っ込んでくる相手と交錯する。

その刹那、反射的に足が動き、前進する相手の脛《すね》を払った。

「うわッ」

謎の武士、ドウッと倒れて四つん這いになる。

(貰った!)

大きく踏み込み、脇差の切っ先を相手の首筋に突き付けた。

「動くなッ!」

これにて勝負あり。

間髪を容れずに脇腹を蹴る。低く呻いてひっくり返った相手に馬乗りとなり、両膝で二ノ腕を封じた。

「偕楽殿、灯りを」

「へいッ」

偕楽が火を点し、賊の顔に寄せると——闇に、幕府筆頭老中本多豊後守の神経質そうな顔が浮かび上がった。

「な、なんと!」

慌てて腹の上から飛び下りた。大失態である。

「知らぬこととは申せ、御無礼を致しましたァ」

抜き身の脇差を背後に隠し、片手で平伏した。

「だ、誰なので？」

横から、偕楽が小声で訊いてきた。

「筆頭……や、さる高貴なお方なのだ！　偕楽、頭《ず》が高い！」

と、絵師の後頭部を摑み、畳に這い蹲《つくば》らせた。

豊後守はゆっくりと身を起こし、畳の上にうずくまった。敗《ま》けた屈辱感が、丸めた背中の稜線によく表れている。

「小太郎、お前、強いな」

「畏れ入りましてございまする」

しばしの沈黙が偕楽家に流れた。

「その者が……」

小太郎の隣に控える偕楽を指さした。

「いかがわしい枕絵の手本に佳乃を使った。それが許せなかった」

「も、申しわけございません」

と、小太郎が平伏し、偕楽もそれに倣った。

(でも、どうしてそのことが豊後守様の耳に入ったのだろう?)

「不憫な娘の名誉は、断じて守ってやらねばならぬ! それが父親の役目だ!」

豊後守がすすり泣き始めた。男泣きである。実に……いやいやいや、待て待て。

そんなことはど~でもいい。

(よ、佳乃殿って、豊後守様の妾じゃないのか? む、娘なのかァ!?)

大矢小太郎、驚きのあまり腰が抜けかけていた。

この作品は書き下ろしです。
企画協力　アップルシード・エージェンシー

悪友顚末《あくゆうてんまつ》

うつけ屋敷《やしき》の旗本大家《はたもとおおや》 二

井原忠政《いはらただまさ》

令和6年5月10日　初版発行

発行人――石原正康
編集人――高部真人
発行所――株式会社幻冬舎
〒151-0051東京都渋谷区千駄ヶ谷4-9-7
電話　03(5411)6222(営業)
　　　03(5411)6211(編集)
公式HP　https://www.gentosha.co.jp/

印刷・製本―株式会社　光邦
装丁者――高橋雅之

幻冬舎時代小説文庫

ISBN978-4-344-43384-7　C0193　い-71-2

この本に関するご意見・ご感想は、下記アンケートフォームからお寄せください。
https://www.gentosha.co.jp/e/